飄到香江的雲

港漂媽媽9故事

徐平　婁雲——編著

山頂文化

目錄

吾心安處，是吾鄉

文 / 梅梅

▶ 個人小檔案

梅梅，英文名 May，育有兩個孩子，曾擔任世界 500 強外企高級工程師。2022 年 6 月全家通過優才計劃赴港，目前經營一間公司。

飄到香江的雲——港漂媽媽9故事

01

2024 年香港的秋天，悄無聲息地潛入。夏季過後，屬於我的港漂生活拉開了第三年的帷幕。中秋節前夕，和我們港漂媽媽系列中的一個媽媽約着喝咖啡，這第一次的「線下網絡奔現」，讓我們兩個都驚呼相見恨晚。和她的半天相處交談，了解到她的港漂故事後，我的港漂媽媽的故事畫面也一幀幀地清晰起來。

在開始我的故事之前，一定要講一下我和 Peggy 的相遇以及我們思想火花的碰撞。和 Peggy 的相遇源於一個香港交流群，彼時我們都是從舒適圈倏地跳到這片香江土地上開始新生活的「港漂媽媽」。鎖好內地寬敞的房子，停好內地洗乾淨的車，好像連再見都沒有來得及認真說出口，我們就遠赴他鄉開始中年新生。人和人的際遇沒有道理可講，連面都沒有見過的我們，隔着屏幕就感應到，我與她是磁場相吸的對的人。於是，我被 Peggy 邀請去參加她策劃的一場香港書展線下大型活動。當時腦子裏對身為出版編輯的 Peggy 的人物畫像定位是長髮飄飄、談吐優雅的女士，帶着這樣的預設，就奔赴現場了。

活動當天，我當然沒有見到長髮飄飄的 Peggy，而是一位留着幹練短髮，忙前忙後且談吐不凡的知性「陀螺」。那天的 Peggy 的確太忙了，我們連一個正式的交流都沒來得及，甚至讓我覺得，也許轉頭我們就再也不會遇到了呢。但是，就像前面我提到的，人和人的際遇就是沒有道理，活動之後，我們又在不同的空間時間裏數次重遇。與工作場合不同，我和 Peggy 有了更多的交談和放大自我象限的機會。時值香港高才、優才計劃的推行，一些內地人才進入香港，作為其中一員的我，內心總是會不自覺地迸出這樣一句話：人類的文明進程總是伴隨着遷徙和扎根再遷徙這樣的循環，身處一個具有歷史意義的「港府人才引進計劃」的節點上，總要做點甚麼，來記錄這一里程碑式的遷徙浪潮。於是，和 Peggy 一拍即合 —— 我們用自己的方式，來做一個記錄吧。「飄到香江的雲」港漂媽媽故事系列就這樣在我這個「朝陽媽媽」和她這個「魔都媽媽」的搖旗吶喊下，日漸成型。

理工科出身的我，面對用文字記錄經歷和感受的方式，偶爾還是會有一點忐忑。我的內心強烈地說服自己，儘量筆觸細膩，讓可以讀到這篇文字的讀者能夠了解到港漂生活的真實一面。

2021 年，北京豔陽高照。在朝陽區的一個咖啡館和在香港工作多年的校友相約敘舊。天南海北的老友相約，難免互訴近況，暢談未來。也是這一場暢談，打開了我們的港漂之路。我和先生同唸理工科，從事金融科技行業的他，繁忙的出差工作並沒有讓他對此有甚麼驚喜和期待。於我而言，作為一個媽媽，毫無疑問我更多關注的是香港教育會給兩個女兒的未來帶來怎樣的契機。雖然我們曾經都是香港的匆匆過客，大概是文化差異帶來的信息差，看到的都是香港的高消費、逼仄的居住條件和內捲的教育環境。這次與在港家長們的深入聊天，卻讓我們感受到了香港的另一面，很多港人移民國外，整個大環境正在發生變化。

彼時，姐姐大 CC 在讀 5 年級，妹妹小 CC 則是一年級。性格迥異的姐妹二人，也給我帶來了相對大的育兒挑戰，如何銜接她們陸續進入青春期的學習生活，成了我生活中的頭等大事。從職場回歸家庭的這幾年，陪伴孩子成長的歲月裏，給了我別樣的生活沉澱。她們愛運動，運動已經成為她們生活的一部分，屬於發展全面的孩子。女兒們的未來，我雖沒有過多焦慮，但還是會有精益求精，錦上添花的想法。所以那段時間一直在糾結未來她們去哪裏學習生活。當時的首選是加拿大，但被席捲全球的疫情影響，加之地理位置過於遙遠而放棄；也考慮過新加坡，氣候又過於炎熱，最終，經過家庭會議討論，帶着家人的支持，6月底，趁着學期即將結束，我帶着大女兒和簡單的行李率性地奔赴香港，「啟動」了優才簽證。

02

已經 10 年沒有踏進香港，加之當時疫情仍未結束，我們選擇了從深圳入境。自此，我和大 CC 的「赴港行」從飛抵深圳開始，就充滿了挑戰和戲劇性。由於當時的嚴格管控，我們需要在深圳停留滿 14 天才可入境香港。在深圳停留的 14 天裏，女兒和我也難得體驗了一段特別時光。忽然節奏慢了下來，對於酷愛踢球的女兒來說，總要對身體有個「交代」。於是民宿的房間、院子裏，都成了她熱身鍛煉的場地。我每天則不停關注入境通關的各種政策和信息，隨時做着即刻出發的準備。

14 天期滿，我和大 CC 收拾行囊，繼續南下之旅。入境閘口顯現出罕見的蕭條。彼時過關的人只有三位：我，大女兒和一位外國人，所以一切簡單快捷，五分鐘就通過了關口。過了香港關後，忽然看到蜂擁的人群聚集在離港口岸，原來那是在離港時沒有搶到隔離驛站的人，萬般無奈之下都湧來離港處碰運氣。看到他們才驚覺，入港容易，離港難。我們選擇的是條不易回頭的路。

看到簡體字變為繁體字，周邊的語言也切換到廣東話，那一刻我才真切感知到，新的生活真的要開始了。前面的道路如何，我們將面臨怎样的未来，都一片茫然。

入境香港後，我開始馬不停蹄地搜索酒店。當下對我和女兒來說，儘快找到棲身之處才是當務之急。我們首選油麻地區域的酒店「Holiday Inn」，位置對我這樣的新港漂來說，交通和購物都極為便利，同時也方便尋找固定居所。於是，我們的第一落腳地就這樣選定了。油麻地港風濃鬱，雖是鬧市，但是每一餐的「啖啖滿足」，讓我和女兒都很滿意。特色小吃不少，物價也相對友善。不過作為體驗過渡階段的住所，我們也當然不能久居。於是，一個月後，我開始尋覓香港的第二個落腳點。

一個多月的生活，我和女兒對香港的生活節奏有了初步感覺，空間地理上也有了新的認知，所以第二次的選擇，我選擇了位於紅磡的一處住所。相對於油麻地，紅磡讓我感到更加宜居。看得到更多的海景，也有了更多的活動空間。幾百米就會有一處街心花園，生活配套的完善讓我和大 CC 更加有歸屬感了。然而大 CC 與生俱來的好奇心和探索力，使我們在 30 天後又決定更換住所。與此同時我還在馬不停蹄帶女兒投遞簡歷、面試、等待結果等。8 月底，我們搬進了位於灣仔的一間酒店，女兒也趕在插班季結束前拿到了幾所學校的 offer。儘管女兒也不過是個五年級的小學生，但卻有一種俠女闖天下的精神。還記得她第一次獨自搭巴士，因為不知道香港的乘客上車要揮手，下車要按鈴，因此在車站眼看着巴士飛馳而過而乾着急。聽着電話裏女兒焦急的聲音，電話這頭的我，心頭掠過一絲心疼，不過這也是我們母女此生難得的回憶。掛斷電話的瞬間，我忍不住幻想，長大後的大 CC 如果有機會讀到這段文字，不知還會不會記得，數年前的這個夏天，巴士站那個額頭微滲汗珠、不知所措的自己。

轉眼迎來 9 月份的香港開學季，經過和大 CC 的商討，結合她自己的想法，我們最終選擇了入讀位於港島的一間天主教女子學校。開學後她的狀態，讓我更加感覺到移居香港的選擇是正確的。

首先，這個學校放學很早，她可以有大量時間在俱樂部繼續發展自己的興趣愛好，比如熱愛的足球和田徑。環境和學校可以為學生的興趣和愛好提供充足的平台和時間，何等的幸福呀！其次，每天自己搭巴士轉地鐵獨立出行去訓練，也讓她充滿自信。這在北京是絕對不會被允許的，但在香港，她體會到了這種獨立的自由。同時，學校老師還在全班面前介紹她，希望大家可以幫助剛從內地轉學過來，粵語不太好的女兒更好適應，鼓勵她勇敢講粵語。學校還給她對接了一個也是多年前從內地轉學過來的高年級姐姐，可以在學校生活中為她提供幫助。這給了大 CC 充分的底氣和信心。

至此，大 CC 的軌跡算是確定下來。我們也在移居香港後第一個冬天到來之前，把家安在了半山。

半年的香港生活，暫時畫上一個小小的句號。

03

和大 CC 共闖香港的日子裏，我甚至都沒有時間去關注我的小 CC，那個和姐姐性格不盡相同的妹妹。因為彼時她由我們家的「優才爸爸」在全心全意地關注着。如今提筆去回憶那一段時光，我都替爸爸感到溫暖。

來港之前，爸爸的工作性質和狀態是極為繁忙，在他經常出差的日子裏，我們三人過着日常升級打怪的進階生活。全職媽媽的角色，讓我全情投入在育兒日常和升學規劃兩件大事中。然而，我拗不過內捲的洪流。於是，當我嘗試將照顧孩子的任務交給爸爸時，我能感受到爸爸的心路變化。那時的他確實有一點「好麻煩啊」的感覺出現，不過，當他和小 CC 的難得的父女時光出現後，一次電話裏他說，和小女兒的特殊時光竟是如此有趣；同時他也感受到小女兒的貼心，也經常被女兒的金句打動，那是他未曾料到的深度。我打趣道，小 CC 的溫暖細膩，讓老父親沉寂的父愛解除封印，開始覺醒。通過一家四口的這場分離，我們四個人之間的親密關係，反而都在不同程度上進行了一場更新和升級。

在這場親密關係挑戰賽裏，大 CC 和小 CC 的姐妹時光，也經歷了一場洗禮。自從妹妹出生後，倆姐妹是第一次經歷這麼長時間的分別。她們之間的思念，也讓我和先生有了新的計劃，於是我們的「雲撫養」計劃啟動了。

每天晚上六點，我們一家四口排除萬難，各自提前將自己的事情規劃好，同時在網絡上團聚。每天這一個小時裏，我們有時會共讀一本書，彼此分享心得和收穫，有時也會針對近期自己遇到的難題，展開頭腦風暴尋求解決的方法。分離讓這種雲端相聚的時光更顯珍貴。

就這樣又經歷了半年的分離，疫情消散，香港的出入境已經恢復正常，給小 CC 申請學校的計劃被提上日程。一番現實與理想的不斷交鋒後，小 CC 也選擇了與姐姐同類型的學校。就這樣，歷經一年的分別後，小 CC 也開始了她的香港生活。讓我沒想到的是，妹妹遇到的挑戰竟然是英文。因為小 CC 在內地從小讀的是國際幼兒園，升入小學後，我們也一直在她的英文方面投入頗多，總覺得她的英文應該不在話下。但在入學後幾次的英文考試中，她的成績總是不理想，為此老師還很用心地同我交流，希望一起找到成績不理想的原因。經過一段時間，妹妹的情況慢慢扭轉，甚至開始得到老師的誇獎。由於妹妹是該校公立部招收的第一個內地學生，英文居然被誇讚，真是一個莫大鼓勵。本就有些佛系的妹妹，在完全適應了學校的學習和規則後，也大有「躺平」之意。

就這樣，新的挑戰出現了。爸爸工作中所負責的項目還沒有完結，在一段時間內，爸爸的工作重心仍在北京，無法與我們朝夕相處。我們該如何平衡事業與家庭？中年人的遊戲規則就是沒有固定規則。我們永遠走在更新規則的道路上，考驗我們夫妻二人的大幕也即將拉開。在不斷地討論和權衡後，爸爸決定每個週末飛來香港與我們團聚。

於是每個星期五不論工作到多晚，爸爸都會飛來香港。這個決定讓女兒們非常開心，她們可以和爸爸度過美好的週末，平日大家又回到各自的社會角色裏上學和工作。不過，我們二人就要承擔起精力和金錢的雙重付出。爸爸凌晨飛抵香港成為常態，同時我們的港漂生活又增加了不菲的支出。可是也許生活就是這樣，我們忙不迭地「搵錢」，然後用錢來交換珍貴時光，滋養心靈和情緒，再重新聚集能量繼續「搵錢」。一代人托舉一代人，生命力就這樣不斷地延續，也許，這就是我能看到的生命的意義吧。

04

一雙女兒慢慢融入香港生活，尤其是生性熱愛新鮮事物的大CC，每天的狀態和語言都流露出對香港生活的熱愛，而「佛系」的小CC的活潑和開朗，也沒讓我感受到港漂生活帶給她甚麼困難。這堅定了我繼續在香港留下來的決心。來港的內地媽媽圈裏，媽媽們性格亦各有不同，有非名校不進的，有專選國際學校的，有力爭頂流神校的，也有如我這般順其自然，由女兒自行選擇學校的。捲不動，又躺不平，因此我走上了自己開闢的賽道。

其實，我認為是女兒們帶給了我更多的能量。

比如，本身熱愛田徑的大CC，被老師發現了跳高天分，參加了田徑、跳高校隊的選拔。學校安排了老師為她特訓了大概一個月後，她參加了中西區的一個校際運動會，取得了第四名的成績。也是那時候，我才發現大女兒有着我所不知道的運動天分，她也在這次經歷後大受鼓舞。緊接着，學校的運動會到來，似被打通任督二脈的大CC，跳高項目中拿到了全場冠軍並打破了學校記錄，同時田徑長跑也收穫了好成績。當賽場上充斥着同學們為她發出的歡呼和加油時，相信大CC一定獲得了強烈的歸屬感。

這場「家庭遷徙」，在大CC優秀的適應能力下變得似乎沒那麼艱難了。回想剛來港時，我們母女倆在半年的時間裏，體驗着香港不同街區的住所特點和生活軌跡，面對我在新區域茫然的摸索和煩躁的時候，大 CC 總會輕鬆地開解我：「走吧，出去看看就知道了呀。Let's go!」她的這種樂觀和熱情正是我所欠缺的，似乎從某種意義上來看，大 CC 開始帶領我成長了。

在這樣的節奏中，我們的香港生活走過了第二年。大 CC 的升中學的關鍵時刻到來了。大 CC 當時申請了一所在香港家長圈都被認可的頭部女校，考慮到生活的便利，小 CC 也同時遞交了到這所學校的插班申請。

我們都以為大 CC 被錄取是理所當然，我們一直認為她就是這所學校想要的孩子，這所學校也是適合她的學校。但戲劇性的一幕是，小 CC 居然先拿到 offer。大 CC 卻並沒有被錄取，所以大概率會直升到現在就讀的這所學校的中學部。這就導致一個問題，倆姐妹的學校一個在港島，一個在九龍，我們又要更換房子了。正當我們為此籌劃時，這間女校忽然臨時又發給了大 CC offer，並要求當天完成註冊，實在是極其幸運。此時已經開學一週了。匆忙間去原來學校給大 CC 寫退位信，急忙回家取資料，當天有教務處老師以及 IT 部門老師一起幫我處理註冊事宜，同時還有好幾份新生需要簽字的通告，需第二天交回。可是，我此時已經極度疲憊，甚至連通告都忘記帶回家，最終還是大 CC 自主完成了很多註冊的工作。

一個月內兜兜轉轉，倆姐妹可以在同一間學校就讀了。這所女校的學術很棒，足球校隊也很專業，大 CC 非常傾心於此校，因為學術和愛好可以平衡，且和一群校友一起踢球，大抵是最開心的事了。

每天早上姐妹倆 7:15 左右即可到達學校，妹妹會有 20 港幣零花錢用來買早餐，這是她每天上學最大的動力。後來經過談判，她的零花錢又增加了 10 港幣，作為小息時購買的零食費用。大小 CC 性情相似又各有特點，作為媽媽，養育之路的難點就在於平衡與接受。

05

開始這篇文字的時候已是來港後的第三個中秋節，回首來路，曾經的那些緊張、不安和自我懷疑，還有一些甚至我自己也無法描述的情愫，就像一陣暴雨過後，天空泛藍，空氣濕潤，雨滴墜落並消散，幾乎已經消失無蹤，只從還有些閃亮和水窪的地面，才找得到落雨的痕跡。而我也在這一字一字的敲打中，一邊回憶一邊思索，雖然很多細節已經忘記，但一路走來的感覺，總是在心頭縈繞。看着已經升上中學的大 CC，還有那個來港時還有點小豁牙的小 CC，如今也已經蛻變到媽媽需要開始請教的年紀了。

可是看上去完美的生活，背後依然充滿日常的瑣碎和辛苦。中秋過後的一天，小 CC 在港鐵停留時間超時被要求繳納罰款，原因是，放學回來的路上，人小鬼大的小 CC 在誰拿浴袍（學校訓練用）的問題上和我爭執，自我的部分多少開始展現，於是我們二人都有點發脾氣，我先行回家，小 CC 賭氣坐在地鐵站看了 40 分鐘英文書。待我再次回到港鐵站，小 CC 去了洗手間，把書包和便當包留在了通道的座位上，結果被好心的路人交給了港鐵工作人員。畢竟是小孩子，發現書包不見了，銳氣瞬間被挫掉好多。從最初的發脾氣到找回書包，停留時間已經超過了 150 分鐘，只好乖乖繳納罰金，結果工作人員看到一臉頹色的女兒，得知事情原委之後，居然口頭教育之後取消了罰款。

經此一役，我發覺媽媽這個職業會在孩子即將進入青春期之時，慢慢變得稍顯卑微了。都說親子關係是一場漸行漸遠的分別，在我看來，尊重彼此和給予空間倒也是一個不錯的概括。

養育女兒，或許就是需要學會更耐心地等待。等待小花苞們，迎來自己的花期，慢慢生長，從生理到心理，去迎接屬於自己的綻放。曾經看過一本書叫做《母愛的羈絆》，深感震撼。它讓我意識到，母愛並非總是溫柔和無私的，有時也可能成為一種束縛和羈絆。這種羈絆可能表現為過度的控制、或者是對女兒獨立性的壓制。書中提到的許多案例都讓我感同身受。有些媽媽會將自己的期望和夢想強加給女兒，要求她們按照自己的意願生活。這種做法雖然出於愛，但卻剝奪了女兒自主選擇的權利，使她們陷入了迷茫和困惑之中。還有媽媽會過度保護女兒，不讓她們接觸外界的挑戰和困難，這也會導致女兒缺乏獨立性和應對能力。孩子出於對媽媽的依賴和愛，會不自覺地去討好自己的母親，關注母親的情緒，忽視自己的情緒，然後慢慢成為媽媽的「家長」。很多孩子成年以後都會自卑、敏感、焦慮、低自尊、低價值感，也很難在生活中感受到幸福和快樂。這就是羈絆着自己的母愛。

在一個人的成長過程中，尤其是童年，母親對孩子的影響多半要大於父親。而母親對女兒的影響又會大於對兒子的影響。因為母親把女兒看作是自己的延伸，會用更加苛刻的方式來對待女兒。這讓我不禁回想從職場回歸家庭的時光裏，我對女兒們的「控制慾」或許也在不同程度上存在過。不過，我不想過多苛責自己，畢竟我還是偏理性的，我本就不是一個過於感性的媽媽，所以我允許自己偶爾會無力，會不完美。港漂生活帶給我開闊的視野、提升大小 CC 優勢的同時，也帶給我不斷的自我成長。來港生活後，獨立地解決問題，是我生活的主旋律。這一路走來，孩子們成長過程中的障礙，又何嘗不是我也需要面對的障礙。家庭的意義，在此刻凸顯。如果說爸爸在與小 CC 的相處時光中，我感受到愛的傳遞，那麼扎根香港的過程，我又看到了愛的成長和豐富。

06

內地和香港，近年來不斷被拉出來比較，還有很多論調甚囂塵上，關於文化的差異，生活習慣的不同，內地普通話學生插班到香港本地學校後面臨的變化等等。我已生活在這裏快三年，其實真實的香港，需要真實的你來真切地體驗。一千個讀者心裏有一千個哈姆雷特，誰也不能僅僅從別人的描述中就簡單粗暴地定義一座城市。作為來港新移民，生活在這裏的三年裏，內心時不時還會泛起波瀾。從最開始需要和家人兩地分居，還要解決文化和語言差異帶來的挑戰。我也曾因為小 CC 是美籍，猶豫過要不要乾脆帶姐妹倆直接赴美國讀書，未來升學時可能又少走很多彎路；在香港每天結識不同的媽媽，她們都帶來了不同的「捲」的思路，所以開始懷疑，是不是從一種「捲」掉進了另一個「捲」……我曾經會週期性地反思，花費如此巨大的時間精力和金錢衝進香港，這一切到底值不值得。如今，大 CC 順利升入中學，小 CC 在自我節奏裏越走越好，和爸爸在這場「港漂」小戰役裏，兩個人彼此找到支點，來承接對方。在我們的婚姻中，我們又走進了「人到中年」的節點，收穫了更多的成長，加之我的工作方向的調整，讓我慢慢沉澱下來，感受先生每週五「下班回家」團聚的幸福。

住在半山的時候，與附近的店家漸漸都熟悉了。

總會發生這樣的場景：去買叉燒的時候，店主會說，呀，你大女兒剛剛走過去哦；那間只收現金的絲襪奶茶店，在我忘記帶現金的時候還會主動賒賬；羅便臣道那間我常去的咖啡館，老闆會很熱情地給我介紹店裏的其他客人，我們會互教普通話和粵語。鄰里街坊的熱絡讓人不自覺想到北京胡同的生活，這種交錯感，總是別有韻味。

很多人都會帶着 80、90 年代香港電影的濾鏡和情懷來看香港。有人忙不迭踏上這片土地，帶着物價極高、空間逼仄的印象，感歎亞洲金融都會所充斥的紙醉金迷的味道，又匆匆離去；也有人舉家遷移，將後半生的奮鬥軌跡定格在這裏。我不確定我是前者還是後者，又或許哪一個都不是，因為，就像我前面提到的，成年人的生活，沒有太多固定規則，我不要不切實際去過多美化我生活過或正在生活的城市，香港就客觀地屹立在祖國的南部，想要了解這裏，帶上行囊，即刻出發就好。我們都是《小馬過河》故事裏的那匹小馬，等待牛伯伯或是小松鼠的講述，對我們來說都不是把麥子成功送到對岸的最佳參考。自己試着蹚過河去，才是最優解。

心理學上有一個被稱為「過道效應」的理論：在漆黑的過道裏，感應燈總是常閉的，人們都希望等燈亮了，看看甚麼情況再往前走。可現實卻是，如果不往前走，沒有達到相應的位置，燈永遠不會亮。

這個世界每一天都有着無數的問題出現，也有無數個解決方法應運而生，作為媽媽，我在各種家長會、或是講座裏也經常聽到父母們焦急提問：到底有沒有一種方法，能迅速幫助孩子解決當下的問題？或許，問出這個問題時，大家就已經停滯在那個過道裏了。

07

香港是一座怎樣的城市？是王家衛電影鏡頭裏的重慶森林？是世界著名的金融和貿易中心？還是有着歷史舊光影的現代化都市？這些或許是大多數人對香港的第一印象。然而我認為香港的魅力遠不止於此，如果要用我自己的語言來形容，香港是矛盾的，也是多元的，充滿着不同文化帶來的碰撞，時刻在尋找屬於自己的平衡點。

陸地面積只有 1100 多平方公里的香港，幼兒園逾千間，中小學校總量也近千間，走在香港街頭，打動我的並非繁華街景或是港風老區，而是近乎隨處可見的學校配置。全世界不同國家不同文化背景不同宗教的小朋友，都可以在這裏找到適合自己的那一間學校，你可以擅長體育，可以專攻數學，可以學習藝術，只要你有熱愛，就可以盡情發揮，找到自己的賽道。同女兒們在港生活的三年裏，讓我意識到：一定要活在自己的熱愛裏，而不是別人的眼光裏。所以，如果讀到這段文字的你，正在發愁抵港擇校的問題，請務必放鬆，沒有比「適合孩子」這個標準更好的學校了。

當年提交「優才申請」時，被朋友稱讚打破了自己固有的認知範圍，走出思維局限。但實際上我並沒有感覺原來的北京生活非常局限，北京有北京的好，一路行進到香港，也只是去嘗試改變，去體驗多元化的生活，帶領大小 CC 更好地實現她們熱愛的體育夢，去儘可能帶給她們更多的可能性和選擇。

夢想也許會像喜怒不形於色的成年人一樣不可捉摸，但時間就像一個單純的孩子一樣，一定會給出我們在生活中最真實的樣子。迷茫的時候，就等等看，時間給甚麼答案；別着急趕路，試着去感受路。如果還是無法在生活的近況中找到方向，我還有一個好辦法：那就是，向孩子學習。她們與生俱來的超強學習力，是天賦性的，往往超越中年人通過經驗積累出來的判斷，成為對未來生活方向的最佳指示。

一位心理學家說：「在不確定的時代，普通人能夠做的，就是去尋找自己的最小確定性。」調整預期，從確定的小事入手，建立秩序，在一事一畢中，積攢力量。榮與枯，都是成長；盛與衰，也都是往事。當開始思考生命的意義，生命就已經擁有了它的意義。而對我來說，生活在香港的當下，就是意義所在。

2024 年，恰逢金庸先生誕辰 100 週年，香港多地舉辦了相關紀念活動，而在文章的結尾處，我也想藉用鄧偉雄先生作詞的《鐵血丹心》中的一段來表達我對港漂生活的感受：

「依稀往夢似曾見，心內波瀾現，拋開世事斷愁怨，相伴到天邊，逐草四方沙漠蒼茫，那懼雪霜撲面，射雕引弓塞外奔馳，笑傲此生無厭倦。」

這是我眼中的香港，未來的日子裏，我仍會一往無前。

（婁雲對本篇文章做了加工修改）

從「黃浦江」到「香江」的人生遷徙

文 / 周亞楠

▶ **個人小檔案**

亞楠，一位美麗的江南女子，2008 年曾擔任北京奧運會禮儀小姐。2014 年在上海與香港男朋友結婚，於 2023 年取得單程證赴港定居，育有一子。現在港從事金融行業。

飄到香江的雲——港漂媽媽9故事

01

从黄浦江的水波，到香江的海流，我，攜帶着夢想與愛情，踏上了人生的遷徙之路。這是一段跨越千里的愛情故事，也是一次對未知生活的勇敢探索。

我，叫亞楠，1981 年生於江蘇，一個地道的江南女孩。從求學到工作，我的生活軌跡始終圍繞着上海這座繁華的都市。然而，命運的紅線卻在不經意間將我與遠方的香港島緊密相連。如今，我已經變更為香港身份，並於 2023 年 7 月正式赴港定居，成為一名香港媽媽。我的 9 歲的兒子也進入了位於九龍塘的一間非常有愛心的基督教學校，並於 2024 年 9 月升讀小四。

2008 年，那是一個普通的年份，但對於我來說，卻是命運的轉折點。在工作中，我遇見了 Johnny —— 一個來自香港的青年。我們最初的相識，平淡而普通，畢竟那時並非單身。最初，我只把他當作職場上相識的一個朋友，但殊不知命運的齒輪從相識的那一刻已經開始緩緩轉動。

在隨後的幾年裏，我們就這樣以普通朋友的方式相處着，偶爾在工作之餘閒聊幾句，分享着彼此的生活瑣事。隨着時間的推移，我們漸漸熟稔，我也慢慢發現了他身上的獨特魅力，他的細心和體貼總能在我需要的時候給予關懷和支持。

2010 年，我恢復單身，因老毛病氣管炎發作，一個人躺在床上，咳到無力，但又無人照料。得知消息後，他立即放下手頭工作趕來照顧，為我熬中藥、煲湯煮飯，還跟我講了很多以前香港的趣事。那段時間，他的身影成了我最溫暖的依靠。正是這份無微不至的關懷，讓我看到了他內心的善良與真誠，也讓我開始重新審視自己的感情。

病癒後，我們的關係發生了微妙的變化。我開始發現，自己對這個香港男生的依賴越來越深。而他的細心與體貼，也成了我生活中不可或缺的一部分。終於，在 2010 年的一個秋日傍晚，我們牽起了手，正式確立了戀愛關係。

然而，這段戀情並非一帆風順，異地戀的艱辛也隨之而來。上海與香港的距離，成為了我們感情中難以逾越的鴻溝。但正是這份距離，讓我們更加珍惜彼此相聚的時光，每一次相見都成了我們美好的回憶。

地道的江南人都知道，江南人的餐桌上，總是先上涼菜，這是待客的一種傳統禮儀，也是為了讓客人先開胃，為接下來的熱菜做準備。可這有點「特殊」的飲食習慣，卻差一點嚇壞了來自香港的他。記得那一次，是他第一次隨我回娘家吃飯。八碟精緻的涼菜一一上桌，他卻看得目瞪口呆。糯米糖藕、醉蟹、四喜烤麩、醉蝦……每一道菜都小巧精緻，色香味俱佳，可都是涼的。第一次體驗江南家宴的他，驚訝地看着這滿桌的涼菜，心中暗自琢磨：難道我家的日常飲食，都是吃這些冷菜冷飯嗎？因為在他的粵菜文化中，並沒有這樣的飲食習慣。他誤以為這便是我家的日常，甚至以為江南人都是吃冷菜冷飯的。這個誤會成了我們生活中的一段笑談和回憶。

在經歷了長久的相思之苦後，2014 年，我們攜手走進了婚姻的殿堂。婚後，我們在上海安了家，他開始了上海、香港兩地奔波的日子。2015 年，我們迎來了一個可愛的男寶寶。

隨着人生階段的轉變，我逐漸意識到，需要對未來進行更深遠的規劃。孩子的教育、個人的職業發展，以及對新生活的嚮往，讓我決定將生活的舞台從繁華的黃浦江畔遷移到同樣充滿魅力的香江邊。

這個決定，並非一時的心血來潮，而是深思熟慮的結果。香港，這座國際化的都市，以其獨特的文化魅力和無限的發展潛力吸引着我。更重要的是，我的伴侶，也就是孩子的爸爸，他在香港。

然而，在決定遷往香港之前，我對於香港的身份政策並不了解。於是，我開始從零起步，翻閱了大量的政策文件，諮詢了諸多專業人士，甚至加入了一些相關的交流群，只為更全面地了解更換香港身份的方法。在了解政策的過程中，我得知與香港先生結婚後，可以在四年半之後換得香港身份。然后直到七年之后，便成為香港的永久居民。在這七年的等待期間，我無需續簽，可以在香港自由工作和生活，享受這裏的公共服務和社會福利，而我的孩子也能在這裏享受優質的教育資源。

在首次獲批香港身份申請時，正值疫情期間。那時候，前往香港領取證件回來後，需要經歷長達 28 天的隔離期。考慮現實情況，我不得不放棄證件領取的機會，並重新進行了申請。2023 年 1 月，我再次獲批並很快拿到證件。

02

很多人說我並不算真正意義上的港漂，但其實我同樣要面對語言障礙、文化差異、擇校難題等一系列挑戰。當初下定決心來港定居，也是經歷了無數的思想鬥爭。畢竟，要脫離自己的舒適圈，並不是那麼容易的事。

孩子的教育，始終是懸在每位家長心頭的大事。為人父母，總希望為孩子鋪設一條最好的道路，希望他們能在最適合的環境中茁壯成長。而我，便是這眾多憂心忡忡的家長中的一員。

那時，因為香港身份的關係，我們有機會提前去滬上知名的學校探校。每當看到那些明亮寬敞的教室、聽到老師們熱情地講述學校的教育理念，我總會陷入一種深深的糾結。是的，這裏有優質的教育資源，有先進的教學設備，但，這是否就是我心目中最理想的教育環境呢？

為了給孩子一個更好的起點，我們曾選擇了離家較近的一家著名民辦學校。初入學校的那一年，孩子每天都充滿期待和快樂。學校活動豐富多彩，教育資源優渥，老師們個個都能力出眾，帶領着孩子們在玩中學、學中玩。每當看到孩子興致勃勃地參加各種活動，學習新知識，我心中都無比欣慰。然而，好景不長。到了第二年，功課量突然猛增，孩子每天埋頭於書本和作業之中，連玩耍的時間都被剝奪了。看着他疲憊的小臉，我心疼不已。孩子告訴我，他的很多同班同學在完成繁重的作業後，還要練習一兩個小時的樂器，經常到半夜十二點才能休息。我驚愕不已，這是二年級小朋友應該過的生活嗎？

那段時間，孩子累，我也累。我們的親子關係也開始變得緊張，原本溫馨的家庭氛圍被繁重的學業壓力籠罩。學術固然重要，但孩子的成長，難道僅僅局限於課本和考試嗎？

我始終覺得，教育不僅僅是學科知識的灌輸，更應該是對孩子全面素質的培養。我希望我的孩子能夠在一個既注重學術，又重視人文和素質教育的環境中成長。我開始尋找一個能讓孩子全面發展的地方，而香港的教育理念與我的教育需求不謀而合。在這裏，學校不僅注重孩子的課業成績，更重視他們的品格教育和個人發展。老師們用心地引導孩子們去發現、去探索、去創新。在這樣的環境中，孩子不僅能學到知識，更能學會做人、學會生活。

同時，香港也正好契合了我個人職業發展的需求。我之前的職業生涯主要圍繞房地產行業展開。在那個黃金時期，無論是個人還是公司，都隨着行業的繁榮而蓬勃發展。然而，好景不長，隨着政策的調整，房地產行業遭遇了前所未有的寒冬，我的工作也受到了巨大的衝擊。

面對行業的巨變，我深知不能坐以待斃，必須重新審視自己的職業規劃，尋找新的發展方向。香港，這個充滿活力和機遇的地方，不僅擁有廣闊的發展空間，還具備完善的職業體系和行業規範。我相信，在這裏，多元文化和開放環境為我提供了更多的選擇和可能，我意識到，這裏或許會成為我事業的新的起點。

於是，我毅然決然地帶着孩子搬到香港。雖然初來乍到，語言和文化上的差異讓我們有些手足無措，但我相信，只要我們用心去感受、去適應，這裏一定會成為我們新的家園。

03

孩子的教育，如同種植一棵樹，需要耐心、細心，更需要合適的土壤。當我決定帶着孩子從繁華的上海遷往香港時，心中最牽掛的，便是他的教育問題。

初到香港，擇校的問題確實讓我倍感迷茫。孩子雖然在上海長大，但擁有香港身份，這意味着他需要在一個能夠融合上海與香港兩地文化，同時又能保證他快樂成長的環境中接受教育。這樣的需求，讓我在香港這個陌生的城市中，開始了艱難的擇校之旅。

「叩門」，這個在香港教育圈中頗具特色的詞彙，很快成為了我的日常語。它與內地直接報名的方式截然不同，更注重家長與學校的直接交流與互動。這意味着，我需要親自去學校諮詢、遞交材料，甚至有時還需要直接接受校長的面試。這樣的過程，不僅是對孩子的考驗，更是對家長耐心、細心與決心的挑戰。

幸運的是，通過一些新媒體平台，我獲得了許多前輩分享的經驗。他們詳細地描述了如何準備材料，如何更有效地與學校溝通，以及如何在面試中展現孩子的優點和特長。這些寶貴的經驗，讓我少走了許多彎路，也更加明確了擇校的方向和目標。

2023 年的那個夏天，我用了近一週時間，精心整理了一份名單，篩選出了幾間心儀的、可以滿足我們需求的學校。接着，我給這些學校——寄信或發電郵，詳細詢問學位情況、教育理念以及學校特色等信息。每當收到學校的回覆，我都會仔細閱讀，生怕錯過任何一個細節。這些郵件的往來，讓我對學校有了更深入的了解，也為後續的「叩門」之旅做好了充分的準備。

終於，在經歷了一番努力後，我們收到了其中兩間學校的offer。這兩間學校各有千秋，一間注重學術與藝術的融合，另一間則更強調實踐與創新能力的培養。我由此再次陷入了沉思。在做出最終決定前，我特意安排了時間，親自帶孩子參觀了這兩所學校。通過與校長、老師的交流，以及觀察孩子對校園氛圍的感受，我們最終選擇了九龍塘那間超有愛心的基督教學校。

選擇那間超有愛心的基督教學校，並非是一時的決定，而像是心靈深處感受到了一種呼喚。教會學校，總給人一種特別的感覺。它不僅僅是一所學校，更像是一個大家庭。孩子們在這樣的環境中成長，彷彿被愛的陽光普照，心靈得到了滋養，品格也在悄然間昇華。

學校的校長，更是讓我們感受到了這份大愛。她宛如一位慈愛的長者，有着無盡的耐心和細心。從諮詢到錄取，從考試到面試，每一個環節都充滿了溫情。在校長親自面試時，我看到她的眼神中充滿了期待與鼓勵，彷彿在說：「孩子，你可以的！」

當然，最吸引我們的，還是學校的教育理念。它不僅僅關注學術成績，更注重孩子的全面發展。在這裏，每一個孩子都能找到屬於自己的舞台，釋放內心的激情與才華。這種自由與包容的氛圍，讓孩子在快樂中成長，也讓我們看到了未來的希望。

而孩子赴港第一年的學校生活，也確如我們設想的那般順遂。在上海的時候，雖然周圍的大部分小孩都講普通話，但孩子從小就在爸爸的熏陶下，耳濡目染地學會了粵語，我們一直鼓勵他在家中多用粵語交流，讓他不要忘記這份與生俱來的語言天賦。畢竟粵語也不僅僅是溝通的工具，更是連接他與香港這片土地的文化紐帶。所以從小的時候，他會用粵語給我講述學校裏的趣事，那抑揚頓挫的語調，彷彿讓我看到了香港繁華街頭的市井氣息。

隨着在香港的實地生活，孩子的粵語水平更是突飛猛進。現在的他能說一口標準流利的粵語，還能用粵語講述複雜的故事，甚至和我用粵語討論一些深奧的話題。我驚歎於他的語言天賦，也慶幸我們當初的決定。

我也曾擔心過，孩子到了香港後是否能迅速融入新的環境。但事實證明，我的擔憂是多餘的。因為語言的加持，他迅速適應了在學校的新環境。而且他的陽光外向的性格，也讓他很快就和新同學們打成了一片。他們用粵語交流，一起嬉戲打鬧，那份親密無間，彷彿彼此已經是多年的老友。他告訴我，有一次他在課堂上用粵語回答了一個問題，贏得了老師和同學們的熱烈掌聲。那一刻，孩子感受到了歸屬感，也更加堅定了自己在香港生活的信心。

除了學業上的進步，孩子還在課外活動中展現了自己的才華。他加入了學校的足球隊，憑藉着出色的表現和團隊精神，為學校贏得了榮譽。每次比賽後，他都會興奮地和我分享比賽的過程和結果，我能感受到他對足球的熱愛和對勝利的渴望。

這一年來，我看着孩子逐漸成長為一個自信、陽光、多才多藝的少年。他的變化讓我欣慰，也讓我感歎時間的魔力。而我自己，也在這一年中收穫了許多。我學會了如何更好地與他溝通，如何理解他的需求和想法。我也更加珍惜和他在一起的時光，享受着他帶給我的快樂和幸福。

不得不提當中一個小插曲，在教會學校就讀一年後，我們又欣喜地收到了一家英文小學的錄取通知。這家學校是孩子自己在 2024 年 6 月主動提出要去報考的，他想要挑戰自我，卻沒想到竟然真的如願以償。這份通知書不僅是對孩子能力的認可，更是對他勇於挑戰自我的精神的肯定，我們為他感到由衷地高興。這所學校提供「一條龍」式的教育服務，學生可以直接升入該校的中學部，不用參加呈分試（類似於內地的小升初考試）。這種選拔方式不僅減輕了學生的升學壓力，更體現了香港教育的獨特魅力。在這裏，教育不僅僅是傳授知識，更是培養學生獨立思考、勇於嘗試的精神。

而這正是香港教育吸引我的地方之一。香港教育的高容錯率可以讓學生根據實際情況靈活調整擇校目標，這種動態變化和目標調整的教育環境，為學生提供了更多的選擇和機會，顯得非常人性化。

現在回想起來，我們的選擇是正確的。香港這片土地不僅給了他一個更廣闊的發展空間，也讓我們母子之間的關係更加緊密。隨着孩子的學習生活已經步入正軌，我們也看到了孩子未來的無限可能。

04

2023年，對我而言，是一個銘心刻骨的年份。這一年，我們全家的生活重心，連同孩子的學業，都遷移到了繁華的香港。我，也由此成為了一名「港漂媽媽」。

赴港一年，香港已經成為了我們的第二故鄉。在這裏，我們體驗着不同的文化，感受着這座城市的脈搏。從衣食住行到孩子的教育，每一個細節都記錄着我們的成長與變化。

抵達香港後，我的着裝風格發生了顯著的變化。曾經最愛的高跟鞋從我的鞋櫃中消失，運動鞋成了我的新寵。衣櫥也隨之發生了改變，休閒裝逐漸取代了正裝，成為我日常穿着的首選。

這些變化都與生活環境的改變有關。香港是一個地形多變的城市，山地、丘陵和平地交織在一起，步行在這裏是常態，甚至有時需要攀爬陡峭的山路。每日，我穿梭在這座城市的大街小巷，無論是爬坡過坎，還是漫步在繁華的商業街區，步數在不知不覺中便累積起來。我曾聽說，香港人日均步數高達6800步，位列全球之首。這個數字如今我也有了切身的體會。在這裏，步行不僅是一種出行方式，更是一種生活態度，一種深入探索這座城市的方式。

每一次的步行，都是一次與香港的親密接觸，都是一次對自己內心的深度探索。在一次次與這座城市的「親密接觸」中，我開始真正融入，我發現自己不再是那個只會匆匆趕路的遊客，而是成為了一個願意停下來，與這座城市產生深度連接的居住者。

在用腳步探尋這座城市的過程中，我發現了那些潛藏在城市角落中的美。繁華的商業街區裏，霓虹燈光閃爍，人群熙熙攘攘，各種語言交匯，我感受到了這座城市的多元與包容。穿梭在小巷之間，看着那些老式的唐樓和斑駁的牆壁，似乎聽到它們在訴說着香港的歷史滄桑。我時常與陌生人擦肩而過，也會在街角的茶餐廳停下腳步，與陌生人一起享用一頓地道的港式早餐，聽着他們用地道的粵語交流，感受香港的「搭台」文化特色。

我的飲食習慣，也在這座城市的影響下悄然改變。曾經，我鍾愛上海菜的濃油赤醬，那種濃郁的口感與豐富的色彩是我餐桌上的主旋律。但來到香港後，受到這裏飲食文化的影響，我開始嘗試更為清淡、原汁原味的食物。白切雞、清蒸魚、鮮蝦雲吞麵……這些簡單的美食，卻帶給我前所未有的味覺享受。記得之前看過報導，說香港人的平均壽命連續七年位居全球之首，我想這與他們的飲食習慣或許有着千絲萬縷的聯繫。

香港人愛煲湯，在潛移默化的影響下，我也慢慢學會了煲老火湯。我根據時令變化，精心挑選當季的食材和藥材，烹製能夠滋補身體的美味湯品。每當我在街菜市選購食材時，總能感受到這座城市的鮮活與生動。賣菜的阿姐會熱情地告訴我哪種蔬菜最新鮮，哪種海鮮最適合煲湯。在她們的指引下，以前從未去過菜場的我現在已經學會了如何挑選優質的食材。

在煲湯的過程中，我與這座城市產生了更深的聯繫——湯水在爐火上慢慢熬煮，香氣四溢時，那是家的味道，也是這座城市的味道。每當愛人和兒子不由自主地誇讚我親手煲的湯時，我的心中總會湧起一種莫名的滿足。

說起住，不得不提我們在香港的小窩。這個小窩，其實是一套「樓花」，只有 500 呎（相當於內地的 50 平方米），是我們在疫情前買下的。那時，它還只是開發商手中的一張圖紙，寄託着我們對未來的憧憬，並最終成了我們在香港的家。

多年後，當我們真正踏入這個家時，我驚訝地發現，這個樓盤竟然緊鄰我第一次帶父母來港澳旅遊時入住的酒店。回想起那時，香港剛剛回歸祖國不久，我還未曾遇見現在的愛人，也不會想到，未來我會把家安在這裏。這一切的巧合，讓我深感命運的神奇，彷彿有一種無形的力量在牽引着我，指引着我與這座城市建立起更為親密的聯繫。

雖然香港的住所面積無法與上海相比，舒適度也有所欠缺，但這裏的每一寸空間，都承載着我們的故事和生活。每當夜幕降臨，我站在陽台上，眺望着繁星點點的夜空，心中充滿了感激和滿足。這個小窩，見證了我們的成長和變化，也承載着我們對未來的希望和夢想。

在香港，我逐漸習慣了公共交通的便捷。地鐵、巴士等交通方式如同城市的血脈，貫穿每一個角落。自從來到這裏，出門時我很少再駕車或打車，而是選擇搭乘公共交通出行。

美國加州大學伯克利分校的交通研究報告顯示，在被評估的全球城市中，香港的公共交通系統的先進程度位居榜首。這得益於香港龐大的公共交通網絡、便捷的車站設置以及高效的換乘設計。在香港生活期間，我深切感受到了這座城市公共交通的便利與舒適。而孩子特別喜歡乘坐雙層巴士，每次我們都搶佔上層的位置，從高處俯瞰這座繁華的城市，欣賞窗外流轉的風景，而這些日常的片段，已經成了我們在香港的美好回憶。

選擇到香港定居，根源是為了孩子。能否適應在這的生活，是作為我，一個港漂媽媽最關心的事。而在港居住的這一年中，孩子的成長和變化，也着實令我欣喜。

孩子就讀的學校，是一所具有深厚基督教背景的私立教會小學。這所學校神聖寧靜的氛圍，為學生營造了一個獨特的學習環境。在日常教學中，除了傳統的學科知識，學校還特設宗教課程，向學生們傳授聖經故事與基督教的價值觀。在早會和午餐時分，校長和老師會帶領學生們進行禱告、唱誦讚美詩，這種日常的宗教儀式，讓學生們在潛移默化中感受到了愛與寬容的力量。

值得一提的是，儘管學校有着濃厚的宗教色彩，但它並不會對學生提出信仰上的強制要求。相反，這裏的老師們以更加充滿愛心的教育方式，引導學生們形成良好的品德。在這種氛圍下，學生們的品行也顯得更為端正，彼此間相處和諧，互幫互助。

起初，我曾擔憂孩子作為插班生會難以融入這個新的環境，然而，在參加了幾次學校的大型活動後，我發現這些擔憂完全是多餘的。特別是在學校一年一度的運動會上，我親眼目睹了無數感人的場景。當孩子在賽場上奮力拚搏時，場邊的同學拚命地喊着他的名字，為他加油打氣。那一刻，我真的很動容，也很窩心。

與上海的小學相比，香港的小學在學科設置上有着其獨特之處。在上海，孩子們主要學習的是語文、數學、英語等學術性科目。然而香港小學的主要學科，除了中文、英文和數學，還多了一門常識課。主要是教日常生活的科學與科技、人文與環境、社會與公民等等，都是一些很貼近生活、很實用的知識。

在語言溝通上面，孩子現在已經是普通話、粵語、英文隨便切換了，這點基本和本地的孩子無異，唯一欠缺的應該就是讀寫繁體字，畢竟他在上海學習的是簡體字，而香港則需要孩子掌握繁體字。繁體字的筆劃複雜、結構繁瑣，對於初學者來說相對困難，來港之前從未接觸過繁體字的他，一下子要求會讀會寫，確實難度很大。不過我相信時間的力量，相信通過慢慢學習、逐漸積累，孩子會 get 到繁體字的美，也能從中感受中華文明的博大精深。

與在上海求學的日子相比，孩子在香港的課餘時間顯得尤為充裕。香港的小學通常在下午三點多便結束了一天的正式課程，餘下的時光則交由孩子們自由支配。在我兒子就讀的學校，下午不再安排學科類課程，這讓孩子們有了更多自我發展的空間。

在孩子就讀的學校，通常上午集中教授語文、英文、數學和常識等核心科目，而到了下午，則開設有體育、藝術等豐富多彩的課外活動和興趣班。這樣的安排不僅讓孩子們能夠在學術上有所精進，更能在體育和藝術領域找到自己的興趣和熱情。

週末的時光更是屬於戶外活動的。香港得天獨厚的自然環境為孩子們提供了無盡的探索空間。半小時車程便能抵達山區或海濱，還有眾多世界知名的地質公園和郊野公園，是孩子們親近自然、體驗探險的絕佳場所。在假期裏，我常常會帶着孩子進行各種野外探索，這不僅鍛煉了他的體魄，更在無形中增長了他的地理知識，這樣的經歷無疑是寶貴且難忘的。

在港的這一年裏，我深切地感受到親子關係的改善和孩子的快樂成長。我們赴港定居的初衷，便是為了讓孩子在一個相對輕鬆的環境中更加健康快樂地成長，而今，這個願望已然實現。我與丈夫和孩子的關係愈發緊密。我們一起漫步在維多利亞港畔，欣賞着夜景的璀璨；一起攀登山峰，領略大自然的壯麗；一起品嚐地道的美食，感受這座城市的獨特韻味。我們共同探索、共同成長，分享着生活中的點點滴滴。

自從搬到香港後，我的生活便翻開了新的一頁。在這裏，我感受着這座城市的脈搏與節奏，我也看到關於自己、關於孩子、關於家庭的無限可能。這裏的繁華與多元，不僅給我的孩子帶來了更廣闊的成長空間，也為我個人的事業發展提供了新的契機。對我個人而言，家庭與事業，並非零和博弈，而是相互促進的兩個方面。作為一個媽媽，我深知女性在家庭中的重要作用，我願意為這個家傾情付出與投入。同時，我也依舊保持着在事業上綻放光彩的追求。在香港這個國際化的都市裏，我希望能找到屬於自己的舞台，不僅是為了實現自我價值，更是為了給孩子樹立一個積極向上的榜樣。

相信每一個港漂家庭都有不一樣的故事，但我們都有一個共同的特質，那就是擁有一顆勇敢的心，勇敢地選擇離開舒適圈，為孩子為家庭開創出一片新的天空。以後無論我們去哪裏，只要願意去適應、去學習、去尊重，都一定可以找到屬於自己的那份幸福與成功。

從黃浦江到香江，我完成了一次人生遷徙，這是一段充滿挑戰和機遇的旅程，也是一段充滿希望和未來的期許。

我是港漂媽媽，亞楠。

我的故事未完待續……

成為自己的光

文 / Vicky

▶　**個人小檔案**

Vicky，上海財經大學碩士，管理學博士，世界 500 強前高管，半導體公司聯合創始人，全球博士聯合會理事，家有龍寶白羊座暖男一枚，精通中文、英文、法文，愛好游泳、網球、打遊戲。全家 2018 年通過專才計劃赴港。現在港經營一間教育機構，教育圈的 KOL。

飄到香江的雲——港漂媽媽9故事

01

打開計算機，敲下第一個 C 鍵的時候，我的腦海裏生平第一次有了自己的「畫像」。

我，來自上海。上海人大抵會給人留下精明與小資的印象，而我更願意用豁達爽朗自我形容。出生江南，卻有北方女子的性格。經常有人說我像何賽飛，偶爾我也會對着鏡子求證。何賽飛塑造的大部分女性角色都很直爽明麗，我們的相似之處應該更多源自內在氣質的接近。

上海財經大學包攬了我快樂的求學時光。一路追求成長的我，在本科畢業之後當然會繼續自虐之路，所以繼續攻讀了碩士和博士學位。曾任職於世界 500 強企業管理層，積累了豐富的管理經驗，是一家半導體公司的聯合創始人，致力於推動技術創新和產業發展；同時，作為全球博士聯合會的理事，我有幸與全球的博士精英們一起，推動學術交流和知識分享，為全球的知識進步貢獻力量。

走過幾十載的歲月，我經常願意用一句話來形容我的人生：青春由磨礪而出彩，人生因奮鬥而昇華。我出生在 80 年代的中國江南，有幸在改革開放的大潮中被時代紅利眷顧，也親歷了社會的快速變遷和歷史的陣痛。我的個性比較率真，不善於隱藏自己的情感和想法，我常常自嘲，如果生活在《甄嬛傳》這樣的宮廷劇中，恐怕連三集都活不過去。我也明確認識到了自己性格中的優勢和局限，因此早早地確定了自己的人生職業方向 —— 進入世界 500 強企業，並始終為了實現自己的階段性目標而不斷努力，成為自己的光、照亮自己的路、做自己熱愛的事、過自己想要的生活、做自己故事裏的主角。

在三十出頭的時候，我實現了我的第一個職業目標：成了公司最年輕的財務總監，也是公司的中流砥柱之一。這個成就讓我感到自豪，但並沒有讓我停下腳步。我人生的第二個目標是在四十歲之前擁有自己的「一畝三分地」，也就是擁有自己的事業。為了實現這個目標，我離開了外企，加入了一家民企。初來乍到，我經歷了半年的「水土不服」，但最終我適應了新環境，並在新的領域中發揮自己的能力。我相信，真正的優秀不是別人逼出來的，而是自己和自己死磕。

優渥穩定的生活過得久了，內心不安分的那個自己又跳出來，不斷質疑：你的財富在不斷增長，那麼你的自由呢？以自由為代價去換取財富真的值得嗎？有一段時間，我的確是沉浸在這樣的自我拷問中的，但是後來我慢慢感悟到，兩者之間並非必然對立，而是交替着豐盈我們的人生。所以，在大家都認為我沒有時間讀書的情況下，我選擇了再度求學深造。那段時間我熬過無數的夜，陸陸續續敲下學理性、專業性兼具的論文文字，在兩年半的最短時間裏以全班論文最高分的成績，取得了博士學位。我堅信，一個優雅自信的女子，除了具備堅實的經濟基礎，深厚的精神氣韻同樣必不可少。

可以說，在自我成長的這條道路上，我從未放棄過努力。每當取得階段性的成果時，我的喜悅和滿足都不會持續太久，因為我很快就會開始思考下一階段的目標。任何看上去耀眼的成就，都需要曠日持久的奮鬥。我就像一個永遠在路上的趕路人，不斷地追求着新的目標。我的閨蜜時常問我，飛得這麼高，到底累不累？我回答，當然累。但這世間，又有哪一種所得，不是用你的辛苦去換來的呢？既然我的個性就是不安於現狀的，那就要讓自己接受時刻在路上的狀態。

「飛來山上千尋塔，聞說雞鳴見日升。不畏浮雲遮望眼，只緣身在最高層。」人生，只要你敢，就有無限可能。人生的成長，始於自我覺醒；人生的進步，始於自我改變。

02

「港漂」一詞通常指的是那些從內地來到香港求學或工作，並在香港生活一段時間的內地人。他們的生活經歷和感受是多樣的，有的人在香港很順利地找到了歸屬感和身份認同，而有的人則久久難以適應和融入。

2018 年 7 月的某一天，先生突然找我商量一件事，他獲得了一個在香港的工作機會，需要長期在大灣區工作。對於一個歐洲海歸而言，我對身份這件事並不敏感，曾經毫不猶豫地放棄了留在歐洲的機會，選擇回國發展，所以當先生和我商量時，我並未覺察到香港身份的優勢。但是出於對先生事業發展的支持，我堅定地鼓勵他前往香港。我們因此開啟了一段聚少離多的生活，我也義無反顧地獨自扛起了孩子的教育任務。

那一年，我的孩子正值幼升小。在此之前，我已經早早把上海的學區房買好且裝修到位，打算開學後入住新居，並沒有因為先生的工作調動打亂原先的安排。首先，我留戀自己在內地積累的一切，去香港對我來說，相當於一鍵重啟，還有可能面臨重啟失敗；其次，小朋友如果去了香港，要學繁體字、學粵語，我不想讓小朋友在這方面花費時間，並且在對比了香港和上海的課程設置之後，權衡再三，我還是決定讓小朋友繼續留在上海讀小學。

2018 年至 2023 年的那 5 年，此刻回想起來，很多細節甚至已經模糊。但我不會忘記曾經陷入的情緒低谷。兒子從 1 年級到 5 年級，我不斷地配合學校的要求，在學習強度上層層加碼。兒子疲憊倦怠的模樣實在讓人心疼不已，所以在兒子即將升入中學的節點，在教育問題上我決定重新規劃。其實那些年我始終有意識地採取雙軌制的培養策略，讓兒子課餘學習英語、法語、鋼琴、網球、游泳並參加公益志願服務，時刻為切換賽道做着準備。

那時本就獨自帶娃在熱辣滾燙的上海灘踽踽獨行，又正值「雙減」政策的落地期，所有的教育教學責任就更加沉重的落回家長的肩上，我深感壓力，無法給逐漸步入青春期且學業繁重的兒子做恰到好處的疏導。因此，我們舉行了家庭會議，第 N 次改變了生活規劃：我向先生提出，舉家移居香港。

我的兒子是白羊座暖男，赴港後就讀於香港一間備受內地家長追捧的學校，精通中文、英文、法文，愛好游泳、網球、打遊戲。其實早在他 5 年級時就曾計劃讓他插班，耐何總是算不準時間，錯過報名窗口，也踩了幾次坑。兜兜轉轉，後來才了解，要提前一年或半年申請，於是，把擇校定在了兒子小升初的時間節點。我和先生同每一位家長一樣，都希望給予孩子最好的教育。因此，我花了大量的時間，研究了香港的教育體系、小升初的錄取規則以及各家中學的排名，通過各類升學網站收集信息，也通過朋友加入多個家長微信群。此時的我，像極了一枚情報員，是的，每一位操心的老母親，都是一位優秀的情報員！對於一個還未來港的內地媽媽來說，全程 DIY 小升初擇校計劃，是一個不小的工作量，我製定了一份目標中學的表格，根據往年的報名時間，分別設置了提醒，去目標中學的網站分別收集、記錄和了解收生規則，安排小朋友學習如何用中英文接受面試。

2023 年 11 月開始，為了讓小朋友有面試的經驗，也抱着試試看的態度，我們去了一家 A-LEVEL 很強的 DSE 雙軌制直資學校，據小朋友反饋，整個面試非常簡單、輕鬆和愉悅。果然在面試後一週，我們收到了該校給予的全額獎學金 offer。這讓小朋友對未來參加其他學校的面試，增加了很多的自信。在接下來的 2023 年 12 月和 2024 年 1 月，由於中學都有兩輪甚至多輪面試，我們幾乎每週末都得在上海和香港間往返，參與各種面試，並收穫了好幾份來自 Band1 中學的 offer。每一次的 offer 都讓人無比興奮，小朋友也有了挑戰成功的成就感。2024 年 1 月，正值內地學校期末考試，不談經濟上的付出，每次匆忙來回香港，對小朋友的體力和耐力同樣是一種考驗，好在非常幸運，小朋友經受住了考驗，還鍛煉出了樂於付出、越戰越勇的精神。

在眾多 offer 中如何選擇，這對老母親也是一種挑戰。我生怕做出的選擇是錯誤的，會害了孩子。此時，我又當起了情報員，找到這些學校的家長，向他們請教有關學校的優勢和劣勢，包括跑去學校參觀，打電話到學校詢問情況等等。香港的學校，都很有愛心，對於來自家長的問題，都會耐心解答。

香港的學校是相信內地生的實力的，只要條件允許，你隨時可以轉學。小朋友在收到一家直資龍校中學的錄取後，被中學安排進了中學對應的小學的六年級，目的是提前入學適應，也就是 2024 年的 2 月，我們跟着小學六年級的學生一起開學。這個安排突如其來，我們毫無準備，我只得拿着學校給的書單和校服單，利用寒假時間，以最高效率在回上海過春節之前，預訂好書和校服（通常插班生的書和校服都需要預訂），不耽誤春節後開學。

當時，發生了一件可以記錄進兒子「成長史冊」的事。對於剛剛從內地轉學來港的他來說，香港溫柔的老師、寬鬆的課業，讓他一度以為在這裏就可以不受「規矩」所縛。因此，在開學後的一個月，我接到了學校英文老師打來的電話，說他的英文作業已經有 5 次沒有交了。和老師通過電話之後，我在屋苑樓下走了一圈，平息了自己的怒氣，想好該如何和他溝通。兒子放學回來後，我們吃過晚飯，我跟他進行了一次談話，跟他說今天英文老師打電話過來，溝通了你的學習情況，她說你的狀態特別好，尤其是口語的運用表達；不過美中不足的是，你的課業沒有按時交繳。或許是屋苑樓下走的那一圈積蓄的氣場，又或許是他真的感到了小小的羞愧，自此之後，他再也沒有出現過逃避功課的情況。

香港漸暖，在 3 月的時候，我們又收到了一間鼎鼎有名的學校的首輪面試邀請。我們抱着試試看的態度參加了面試，沒想到意外地被錄取，糾結再三，我們決定放棄前面已經註冊的中學。這就是香港學制的優點，在升中之路上，只要你能力可以，隨時都可以調整，哪怕到了 7 月份大派位過後，還能再去心儀的中學叩門。正所謂，不到最後一分鐘，永不言棄！兒子的整個升中過程，比我預料中要順利，並未有傳說中的難，我相信每一位來港升學插班的孩子，都像小馬過河，最後會進入適合的學校。香港有近千間中小學，每一家各有特色，內地家長也許會挑花眼，尤其是在收到同一級別的不同學校的錄取通知時，如何擇校，讓家長非常糾結，在此，給一句建議：適合的就是最好的，最好的未必是最適合的。再給一個面試的建議，前往面試前，仔細瀏覽目標學校的網站，了解學校的特色項目，了解學校的校訓、校風。

香港的教育體系深受英國影響，注重基礎教育和學術素質的培養。學校教育資源豐富，學校設施完善，教師素質高，教學質量有保障。此外，香港的教育體系非常重視學生的智力發展和學習能力培養，注重培養學生的綜合素質，讓學生在學業上和個人發展上都能得到全面的提升。在香港，學生們有機會接受國際教育，學習英語、西方文化和科學技術知識。學校還鼓勵學生參加各種課外活動，培養學生的領導能力和團隊合作精神。這些都是香港教育的優勢所在，讓學生在全面的發展中得到了更多的機會和資源。

香港的學生也非常獨立，每天下午三點半，地鐵裏會有一波放學高峰，小學三年級以上的學生，是可以不需要家長必須接送的，這也最大化解放了父母的時間。香港的治安非常好，小朋友們可以選擇坐校車回家，也可以選擇搭地鐵自行回家，完全不用擔心安全問題。我家小朋友，自從入學後不久，就主動提出，不讓我來接。他說，有家長來接，對於一個六年級的學生來說，是很沒面子的事，他完全知道回家的路。並且學校允許帶手機上學，只是到校上交，放學再發放給學生，這是一個非常貼心周到的安排。

甘蔗沒有兩頭甜，香港的教育也存在一些不足之處，但任何一種教育制度，都不會是完美的。簡單地評判優劣，不是明智的做法。每個家庭應該根據自身的具體情況進行判斷，孩子是否適合香港的學校。

03

我能在香港這座城市裏，找到許多與上海相關的文化痕跡。我曾在淺水灣酒店門前，隨着張愛玲小說中的描述，重溫《傾城之戀》中范柳原和白流蘇再次相遇時的浪漫。

張愛玲是上海女子，除在天津香港兩地生活過外，她在上海生活近 30 年。而張愛玲筆下的上海，王德威先生有一段華麗論述：40 年代淪陷區的上海，外弛內張，在烽火殺戮聲中，竟然散發無比豔異綺麗的光芒。升斗小民的日子並不好過，但是只要電車的叮噹聲仍然不輟，暖烘烘的太陽獨有餘暉，挽着籃子上市場買小菜就是每日的功課。張愛玲的文字，筆下的遺老、小姐少爺和洋行經理，瀰漫着石庫門弄堂和西式公寓的氣息。

我時常能在香港的生活場景裏，體會到這種舊上海的氣息，錯位時空的相似真是奇妙啊。作為一枚上海人，我也常常遇到從滬赴港的老港漂，她們有的是早先嫁入香港，有的是早期的優才和專才，哪怕走在路上，耳邊都會時不時飄來熟悉的滬語。我是幸運的，上海老鄉們會開車帶我在香港到處溜達，帶我去深圳體驗深港一日來回的便利，每天滿滿的行程帶給我充實與快樂，可以說我是非常絲滑地主動融入了香港的生活，沒有經歷太多的陌生和不適。

我還加入了上海財經大學香港校友會，這個組織非常溫暖，成員們也很活躍，每年會有迎新晚宴。同時，香港民建聯，也是敞開大門吸納新成員，我成了南區的民建聯成員。在香港慢慢扎根的歲月裏，我有了這幾個新身份之後，又開始「不安分」起来。偶然的機會，我了解到國際慈善組織獅子會在香港的分支——香港獅子會，但是想加入需要至少 2 位推薦人。很巧，我一個內地朋友剛好是內地獅子會的成員，經過她的引薦，我又結識了港澳 303 區域總監，有了她們 2 位的推薦，我正式加入了香港獅子會，成了會內第一個講普通話的內地新人。這個組織每月舉行例會，討論與策劃公益事業，它對於成員並沒有財力的要求，更關注會員對於慈善的「思」與「行」。加入獅子會之後，對於香港，我有了更加深刻的認知。

從前，我對慈善的理解，停留在影視劇層面，以為就是豪門闊太微笑着將財富轉化為善心。如今，我通過每個月的例會，親身參與慈善活動的組織、策劃，對於社會服務也更新了認知。獅子會舉辦的公益活動，我從不缺席。我們會去深水埗派飯、幫老人測量血壓、幫助生病兒童；也會在維港、中環，在很多街頭，進行公益募捐。

基本適應了香港生活的半年後，我邀請了我的父母來香港。空氣新鮮、碧海藍天的日常，讓本就對霧霾過敏的老太太對香港讚不絕口。我帶着二老欣賞了維港的日落，領略了石澳的波濤、感受了大浪灣的寧靜。一路上我都像個導遊，不停地講述在香港生活需要注意的一些要點。比如，山上的一草一木是屬於香港政府，誰也不能碰，不能傷害野生動物，不能投餵動物，尤其是鴿子。二老 get 這些知識後，也確實很嚴格地尊重了本地法律。讓我震驚的是，他們不僅自己做到了，在堅尼地城的海邊，看到別的遊客在餵鴿子，他們還上前對遊客一頓教育，讓他們知道投餵是有可能受處罰的。二老把我兒子的中學也列為他們的到訪目的地之一，在看過校園，並在周圍溜達了一圈後，對學校甚是滿意，覺得我們來香港的決定是正確的。帶着滿腹的歡喜回上海前，本不想來香港的老太太居然生出了一絲留戀。是的，香港有着你看不到的好，只有住下來，深度融入，才能體驗其獨特的美。

2024 年 2 月，由於心儀學校突如其來的錄取 offer，我開始緊急打包所有家當。先前租住在大埔，離小學極遠，地鐵單程一小時。所以，在 3 月房子到期後，我決定搬家，新租的房子不僅要便於孩子上學，也要有充足的空間，容得下三個人舒適居住。我先打包好上海的用品，放在上海家裏，等三月租好房再發到香港。我和小朋友先拎着簡單的行李，趕往香港開學。權衡之後，我不想讓小朋友在過渡期間感受到生活質量下降，所以放棄了搭乘地鐵上下學的方案，還是在 UBER 上每週日晚上約好週一到週五早上的車，指定 7 點 45 前到校。我陪着他每天 7 點上車，7 點 30 學校開門，排隊入校，然後我再坐地鐵返回，下午三點半放學，我需要提前一小時從家裏出發，去接他放學，陪着他一起搭地鐵回家，路上可以聊聊當天的學校生活。

這樣的來來回回，我堅持了一個月，手機顯示每天一萬步到兩萬步，不經意間起到了減肥的功效。有人問我，辛苦嗎？回答：不苦！在小朋友開啟人生新篇章的時候，他最需要的是我的陪伴，不計代價的陪伴！我始終覺得，在孩子的成長路上，不要錯過每一個重要環節，因為錯過了，就再也不能補課。2024 年 3 月，終於等來房子到期，我又在他的小學附近順利找到一套三房兩廳兩衛的可以拎包入住的房子，看完果斷拿下，畢竟，在香港，全新且全屋定製的傢具房極少。中介也特別給力，幫我說服了房東，為迎合我的生活習慣，特意為我換了指紋鎖。這在香港，通常是租客自掏腰包更換，且退房時不能帶走。在香港，我總是能遇到許多好心人。

房子安頓好，日子漸入軌道。一餐一飯，在沒有請工人姐姐的情況下，都需要我親自料理。親自買菜，親自燒飯，這對一向十指不沾陽春水的我，從體力、精力到能力，又是全新的挑戰。但是，生活的可愛之處，就是這滾燙的人間煙火氣。後來，我學會了用 YUU 和 MARK SPENCER 網購，再後來，我找到了商品豐富的街市，比如大埔街市、油麻地果欄等，也認識了很多同樣生活在港、來自全國各地的媽媽們，幸福感油然而生。閒暇時間，我還會打卡香港每一座地鐵上蓋的商場。夏天的香港要麼是烈日當頭，要麼是多雨多風，有了地鐵上蓋，完全不用擔心被日曬雨淋，不影響出門吃飯、逛街、看電影。

出門在外熟悉新環境最重要的是先要「出門」！

週末和週中風雨交加的時候，我基本會去地鐵上蓋的商場度過，我現在能報出每一個地鐵站上蓋的商場名。我也很享受當下「無產階級」的極簡生活狀態。在香港，我無房無車，但香港的交通和自由的租房市場以及高質量的物業管理，讓我感覺車和房並不是着急購入的，反而感覺無房無車一身輕。

香港的氣候，是我為數不多難得喜歡的，在每年的 10 月到次年 4 月間，溫度適宜，陽光還沒有很熱烈。於是，我給自己定下小目標，在這座山與海並存的城市，每週打卡一座山，秋冬的香港是最宜居的季節，秋冬的日落也讓人心醉。每個週末，最開心的事就是揹上登山包，帶上登山杖，征服香港的高山。等看完日落再下山，收穫完美一天之後，你定會更愛這座城！麥理浩徑就在腳下，無需長途跋涉就可以前往。如果時間允許還能到中環碼頭坐船去離島，去體驗南丫島的安靜、長洲的美食，如果想省點力氣，可以用公交車代替雙腿。東區的 9 號車可以帶我去大浪灣的石刻、石澳的情人橋、鶴咀的蟹洞。

一次在石澳的海灘燒烤，兒子感歎，捲起的浪花優哉遊哉地拍打着安靜的海岸，這一幕讓他深深愛上香港。那一刻，看着小朋友臉上的幸福，我也忽然感覺到，或許，這就是一路披荊斬棘的意義吧。全香港數不清的打卡點，等着我們的探索足跡。午夜 1 點，港鐵依然呼嘯運行，所以我會搭地鐵去南區，夜爬南朗山，看南區、海洋公園、深水灣、淺水灣。

生活在香港，我有幸能夠在這裏見證到許多令人心曠神怡的美麗景觀，在這裏你可以看到高樓林立的現代城市，也可以欣賞到鄉村田園般的自然風光。無論是在城市裏還是在鄉村裏，香港都有着令人驚豔的美景，這些景觀不僅讓我感受到了香港的獨特魅力，也給了我和孩子很多寶貴的美好回憶。

但是，香港生活也有苦澀的一面。首先是房價和租金的高昂。在這座城市，買房子對於普通市民來說幾乎是一種奢望。租金亦是內地的幾倍甚至十幾倍。港漂們漂在香港，不想降低居住標準，就要付出高於內地數倍的努力。買房是門技術活，找個心怡的房子是要跑腿斷的。香港的房子租售比很高，經濟進入降息通道後，我還是想入手一套屬於自己的房子。我曾一天內看了分別位於啟德、新界、港島南的 5 個樓盤。那幾天，我一睜眼，做好早餐，娃上學後，就收拾好自己去看房。香港的中介非常有耐心，服務很到位，全程車接車送。經過多方考察，我們還是把目標鎖定在了寸土寸金的港島，計劃在2025年前把房子買到手，給孩子一個穩定的居所。

香港生活中確實也有一些讓人酸楚的地方。我就親歷了一個令人心寒的騙局，我也想用自己的經歷來提醒大家提高警惕。為了獲取各類信息，我會加不少微信群，而有一批特定的人，專門在各類微信群裏活躍着。由於經常聊天，對方還會熱心提供幫助，出於溝通的方便，就添加了微信，時間久了，這些網友似乎也成了真實的朋友，對他們也慢慢放下了戒心。

不得不說，我通常是個很理智的人，真的是難得糊塗。但是就鬼使神差地糊塗了一回。有個網友，平常談吐很是友善，我就漸漸覺得，他本質也是一個熱情真誠的人。某次在聊天中，他向我提到某隻股票的內幕消息，還特別指出，他沒把這個消息告訴另一位我們共同認識的朋友，只是單獨告訴了我。他的「誠懇和真誠」打動了我，我聽了他的建議，跟隨他買了某一隻股票，但在我入手的第二天，這隻股票就腰斬，半個月內，竟然跌去了一半市值！當然，所謂的內幕，也是子虛烏有，我被自己的貪念和對這位朋友天真的信任騙了。

當我串聯起整件事情的來龍去脈，以及串聯起整個聊天記錄，細思極恐。這種騙你入局高位接盤的套路倒是很新鮮。港漂群裏的朋友們提得最多的是換匯騙局，比如，甲給乙轉一筆人民幣，乙方以為收到錢了，立馬把港幣匯給了甲方，但甲方卻在24小時內撤回了人民幣轉賬，自此消失。這種故事，不絕於耳。萬萬沒料到，會有人在群裏長期蹲守，挑人下手，讓人去高位接盤某種垃圾股。當然，一個巴掌拍不響，這種事，自己也要承擔一半責任，交了一筆昂貴的學費！所以在此我想提醒大家，不要輕易相信群裏的陌生網友，你意料不到的騙局還有很多，害人之心不可有，防人之心不可無。

我對香港生活有着千絲萬縷的情感。它有着獨特的魅力，充滿了無盡的誘惑，但也隱藏着許多酸甜苦辣。在這裏，我學會了適應，在困難中堅持，也享受了不少快樂。生活就是這樣，你熱愛它，它也熱愛你。

04

如果一個社會只有一種生活方式，每個人每天都按照同樣的方式生活，那社會就沒了活力，顯得單調乏味。來到香港之後，我經歷了種種無奈的生活變化。香港的競爭壓力是非常大的。無論是工作還是生活，都要面臨激烈的競爭。尤其對於港漂家庭來說，要兼顧工作和家庭，確實讓人感到辛苦。但幸運的是，我也收穫了許多美好的回憶和成功的經驗。在中西文化比較中，將文化差異視為文化差距是必須克服的思想偏差。所謂「差異」是指文化特質與形式不同，而「差距」是以一定標準對文化的先進與落後作出判斷。

在香港，工作機會主要集中在金融、貿易和服務行業。這裏的工作氛圍非常國際化，很多跨國公司都在這裏設有亞太總部。我曾在一家跨國公司工作，同事們來自不同的國家，工作語言也是英文，這種多元文化的氛圍讓我受益良多。在這份工作裏，我接觸到了全球範圍內的商業運作和管理經驗，這對我的職業發展起到了很大的幫助。我是帶着工作來的香港，也許是比別人要多一點自由，最大化平衡了工作與生活。本以為可以來躺平，但遇到的新來港人士每一個都很拚很捲，我發現自己根本躺不平。

於是，打開自己的社交圈，積極參與各類組織的活動，加入優專才協會、高才協會、獅子會、校會友，主動融入當地生活，結識當地精英，向他們學習經營企業，投身慈善公益，包括去香港中華總商會向前輩們參訪學習，結識了新質企業家協會的企業新秀。每一次的活動都是一次思維的碰撞，都是一次心靈的洗禮，都是一次振奮自己向前一步的源泉。曾在 2024 年的十一高才音樂晚會上，看各個校友會和企業家們，將一個個參會粵語曲目打造得亮眼、溫暖又動人，我深受震撼。參加的活動多了，發現企業家前輩們個個粵語都如同母語，曾以為在香港用英語和普通話就夠了，事實上，不會粵語，還是會多一層文化隔閡。

也就在這時，在 Loria 的朋友圈裏看到了教堂有教授粵語的課程。我抱着試試看的態度前往學習，感觸頗深。隨着課程的深入，我學習了粵語的基本生活用語，並且每週學習一首朗朗上口的粵語歌曲。為了完成這個學習目標，我每次外出時，耳機裏都是單曲重複播放本週的目標歌曲，這樣可謂一舉兩得，學了粵語也學了歌曲，讓學習這件事變得有趣有靈魂。

踏足香港後，恍然覺得，自己的年齡是最沒所謂的，反而是越走越多的經歷，讓我更加堅定從容。抵港後儘管有種種困難和挑戰，我還是發現了很多工作帶來的收穫。在香港，我結識了許多志同道合的朋友，他們給我帶來了很多啟發和幫助。我也在這裏獲得了很多職業技能和管理經驗，這些都是我寶貴的財富。雖然工作的壓力很大，但是通過自己的不懈努力，我還是得到了不少成就和認可。

正如本文開篇時所講，我對自己的進步，滿足不過三天，當我的科技公司有所穩定之後，以我對香港教育的深入了解，發起了一起教育牌照的收購意向，拉着同樣對教育很看好的合夥人，以及一位資深的香港教育專家，一起擼起袖子幹起了教育事業。

我對事情的時效性是有要求的，如果要做，那麼每天要向前一步，所以，在決定要做教育後，立刻每天穿梭於有意向出售自身品牌的各個機構現場，去考察環境、去了解細節、去深入一線做市場調查、去拉投資，每天開會討論細節，着實把一分鐘掰成了幾份。我也習慣了熬夜，這大概是寫博士論文時留下的後遺症，也代表了我對每份事業全心全意的投入。我相信在向着夢想前進的路上，限制你的只有你自己。當你不畏困難，全力以赴地去做你想做的事，那麼每一份努力都會為你的夢想助力。

不久，我懷揣着對教育的熱情和使命感，創立了自己的教育中心。這個教育中心專注於中小學及幼兒教育領域，以培養孩子們全面發展為核心目標。我們堅信，每一個孩子都是獨一無二的個體，他們不僅需要知識的滋養，更需要在身體、心理和精神上獲得全面而健康的成長。尤其是對於那些初來乍到、剛踏上香港這片土地的兒童來說，他們面臨着諸多挑戰，其中最突出的就是適應新學校環境和提升英語能力。這些孩子不僅要應對陌生的校園生活、新的教學模式和文化差異，還要在短時間內掌握一門新的語言，這對於他們是一項艱巨的任務。我同合夥人也逐漸清晰了我們的事業規劃 —— 將我們的教育機構定位於服務這個龐大的群體。

說來有趣的是，在為機構找舖面的時候，房東們都是不願和我們直接接觸，而是一定要通過中介的。這讓我感歎，香港還真的是信奉專業的事交給專業的人來做。

香港的工作，就像一杯苦中帶甜的咖啡，嚐過的辛酸和辛苦可以讓我更加珍惜每一分收穫和成就。能在這座國際化的城市找到一份稱心的工作，實現自己的職業理想，也是一種幸運和福氣。融入並找到了自己的位置，也在這個過程中獲得了成長。我們為了孩子的教育選擇留在香港，儘管生活成本高，但為了給孩子更多的機會和選擇，我們願意承擔這些壓力。

05

穿過山與海，我們走向自己。這句話不僅是我對個人成長和自我實現的描繪，也是港漂媽媽們在香港這個特殊舞台上的生活寫照。我們如同穿越了重重山脈和茫茫大海，是勇氣和決心讓我們跨越了地理和心理上的障礙，在香港這個國際化的城市中找到了自己的位置。我們穿過山與海，最終走向的，是內心深處真正的自我。

港漂媽媽們以行動激勵着周圍的人，我們的努力與成就不僅能夠改變自己的生活軌跡，也能夠對身邊的人產生積極的影響。我們是許多年輕女性心中的榜樣，證明了即使在繁忙與壓力中，依然能夠創造出屬於自己的精彩人生。港漂媽媽們在生活與工作中的表現，展示着女性不屈的精神和強大的能力。我們在家庭和職場之間的平衡，不僅為自己，也為下一代樹立了榜樣。我們用自己的行動證明了無論面臨何種挑戰，只要努力，就能在工作與生活中找到屬於自己的幸福。

（婁雲對本篇文章做了加工修改）

向前一步

文 / Catharine

▶ **個人小檔案**

吳麗雲，人稱外貿 C 姐，英文名字 Catharine，外貿圈的 KOL，兩個孩子的媽媽。香港環保理學碩士，一直在外貿一線工作。深耕外貿 18 年，自主創業 8 年，一個人 SOHO 期間曾年銷過億。曾出版暢銷書《彼此信任》，願景是建一個小而美的公司。

飄到香江的雲——

01

看着升上初一的老大走進新校園，大半年前第一次送她進香港學校的場景也浮現在了我的眼前，不由自嘲一句，真不愧這外貿人愛折騰的勁！

從紹興到香港，又從香港回紹興，兜兜轉轉，這一年來，確實增添了不少體驗，尤其作為「陪讀娃娃」的兩個女兒，瞬間成長了不少。如今記錄下這段經歷，也是給這段香港行劃一個暫時的休止符。

我們申請香港身份的初衷很簡單，就是為了孩子的教育，因為我本人就是高等教育的受益者。我來自溫州的一個小縣城泰順。雖然溫州人做生意很有名，但我家並不富裕。我是老大，下有兩個妹妹、一個弟弟，一家六口就靠父母的小生意過活，經濟上雖然很拮据，但是父母從沒在教育上虧待我們。我的父母很堅定地想盡辦法一直供我們幾個孩子讀書。這樣，我才得以接受高等教育，通過學校的助學貸款順利畢業。我從小就立志，長大後多賺錢改善家庭條件，讓父母過上好日子。當時就想找一份沒有收入天花板的工作，所以後來進入了衛材行業，在一個工廠從基層銷售做起，如今已在外貿行業深耕 18 年，自主創業 8 年，實現了一個人 SOHO（在家上班族 Small Office Home Office）年銷過億的業績，也成為大家口中「別人家的女兒」。

所以當了解到香港教育的一些優勢，再加上自己一開始的學歷是大專，仍有一些遺憾，所以在經濟條件和時間都允許的情況下，我就想儘早為兩個女兒做好教育規劃，在香港接受教育，並開始尋求申請香港身份的路徑。

2023 年 2 月 28 日，離香港都會大學碩士報名截止還剩 3 個小時，我提交了報名資料，沒想到 3 月 31 號就收到了錄取通知 —— 一切都很順利，幸運之神再次垂青我。

其實最開始，我們是想通過朋友的公司走專才計劃，我先生作為主申請人，可惜最終申請沒有通過；後來他申請了香港都會大學的 MBA，結果也沒過。我這才不得不親自出馬。

其實在他申請 MBA 時，我們就隱約覺得不太保險，所以我同步準備了香港都會大學的碩士申請材料。本來還抱着一絲期望，如果兩個人都被錄取，我們還能體驗一下校園戀情。可惜那一年想來香港唸書的人太多了，門檻也被提高了很多。最後就我一個人被錄取。

我報讀的是環保理學碩士，這個專業的競爭更激烈 —— 因為該課程是中文授課，對英語沒有要求，而且一週只要上一天課即可，甚至課程還安排在週末。我在報名的過程中也有些許小插曲。一開始我發現自己的大學畢業證書都找不着了，好在聯繫上母校北外的老師，幫忙寄送來了畢業憑證，方才趕上了 2 月 28 日報名截止日期，結果 3 月 10 日又收到學校反饋，需要補交本科最後一個學期的成績單，於是又去聯繫學校補寄。終於在 3 月 20 日收到了面試的郵件通知，正興奮着呢，定睛一看 —— 當月 22 日面試。彼時的我正在外地參加一個外貿圈的年會，第二天才能回家，這就意味着，我只有 1 天時間可以準備面試。只有 1

天，時間實在太倉促了，估計是過不了的吧，但刻在骨子裏的外貿人的精神氣兒又出來了，我在沮喪中轉念一想 —— 還好啊，還能有 1 天時間準備呢。環保專業剛好跟我的行業對口，這也給了我很多信心。

功夫不負有心人，最終我順利通過面試，在 3 月 31 日收到了入學通知。回過頭來分析我能被錄取這事，我覺得有三個因素很重要：

第一，報讀專業與工作所在的公司對口。當然這裏面也有運氣的成分在，雖然我個人是 SOHO 的外貿人，但同時也是 XX 環保科技公司的聯合創始人，很湊巧的是公司在 2 年前更名 XX 環保科技公司，這與報讀的環保理學專業更加對口。感覺冥冥之中一切都安排好了似的。

第二，面試時在小組內的表現有優勢。我們面試小組一共有 3 名候選學生，我早早準備好，第一個進到 ZOOM 教室，也是第一個回答的，相對來說，回答得也比較好。另外兩個人在回答老師問題的時候，老師當場就提出了質疑。所以我面試完，自我感覺還挺好的。

第三，也是最重要的一點，我回答問題的時候結合了企業實際經驗，算是理論結合實際。我對面試是有所準備的，在還沒收到面試通知之前，我就收集了大量「面經」，並根據搜索到的建議和話術，針對所申請的環保理學專業的研究方向，結合並梳理了公司的具體環保業務，並聯繫到「綠水青山就是金山銀山」的生態文明建設全新理念。從層次上來說，既有微觀又有宏觀；從研究上來說，既有理論又有實踐 —— 所以在面試時這些都派上了用場，最後證明確實獲得了老師的肯定，得到了 offer。

其實，當時錄取結果沒出來時，看我自我感覺良好，中介還特地提醒我說，往年那些自我感覺好的大多沒被錄取，事實也確實如此，我有個朋友，報名了 2024 年春的碩士，就倒在了面試關上 —— 他面試完的自我感覺很好。從這方面來說，我也是有運氣加持的，但我更願意相信是外貿人的樂觀與自信為我加了分！

3 月底拿到錄取通知，看到電郵中那綠藍的校標以及「香港都會大學錄取通知」幾個字，突然間覺得，我要讀書了，我要學習新東西了，真好啊！這個時候，香港於我的意義忽然變了 —— 香港都會大學要成為我的最高學歷的母校了，等我好好學習，拿到畢業證書，不就實現了自己一直想要出去深造的願望嗎？並且相比歐美，香港在距離與性價比方面，都更具優勢。隨着目的的轉變，我帶着全新的心態，開始了讀書準備，也就沒有那麼急着讓孩子去香港了，而是準備自己先好好讀一年書，在香港多適應一下，自己覺得好再考慮帶孩子來擇校讀書。

在入學之前，我做的最明智的決定是選擇跟同學合租房子，而不是每週來回飛。當然這也得益於我 SOHO 的辦公模式 —— 一個人，一台計算機，連上 WIFI 就擁有了全世界。當時通過 XHS 找到班級，然後在班級群找到了我們班的班長皮皮和一位杭州來的 2 孩媽媽（元玲姐），開啟了三人合租的生活。租房的過程很省心，主要是元玲姐在張羅，是她在酷暑天，一家家跑中介，篩選房源，親自去看房，並且拍攝視頻分享給我們，以供大家一起決策。最終我們找到了這個從開發商手中直租的新房子。因為考慮到我先生跟孩子一定會過來小住，所以我選了面積最大的主臥。

2023 年 8 月 29 日，我先生陪着我一起飛到香港，準備參加學校 8 月 31 日的迎新報到。在報到前的兩天，我們和室友皮皮，去了好幾次宜家，購置各種家居用品，先生也充當了安裝工的角色，組裝了櫃子、床、餐桌椅等等，貢獻了不少汗水。當床歸床、櫃歸櫃、桌子歸桌子，都在它們該在的位置時，室友定製的窗簾一拉開……這個小家頓時有了溫馨的感覺。而在開學之後，看到很多同學才剛剛開始找房子，又或者選擇住酒店，碰到節假日酒店價格昂貴的時候還得匆匆忙忙換住處的狼狽樣子，我更加慶幸在開學前就拿定了主意。

這期間還得提到一件事 —— 所有當年初來香港的求學者應該都會印象很深刻的 ——「颱風假」。開學第一天，9 月 1 日，香港就因為超強颱風「蘇拉」正面來襲，時隔 5 年再次掛起「十號風球」，所有求學者，新學期第一天就放假了！而我因為有了這個安全溫暖的小房間，縱然外面風雨飄搖，仍得以跟先生一起在屋裏煮東西吃，度過了愜意的二人時光。

02

我入學的頭一個月，就開始關注香港小學的情況，想先多了解了解，好為以後孩子擇校做準備。不過想到後面會迎來內地的國慶七天小長假，而香港除了10月1日當天放假，其餘日子都是工作日，於是在看學校的過程中，我也嘗試投遞了簡歷，結果幫孩子約到了3家學校的筆試和面試機會。國慶假期之後，小女兒還單獨飛過來面試過一家學校，最終是4家學校中3家給了錄取通知。關於入讀哪家學校，我們着實也思前想後了一番，因為我們家有一個特殊的情況，大女兒在內地即將就讀6年級，而在香港，雖然插班很自由，學校和學生可以雙向選擇，但很多學校由於升中的原因，並不招收6年級的學生，所以大女兒想在初中有一個好的學校，就必須降級。

有一家公立學校，就在何文田，是我第一家投遞簡歷的，因為離我的學校近，是我同學推薦給我的。她女兒是「雙非」，在4年級的時候通過派位進入這家學校學習，覺得不錯，看見我在了解學校，就推薦給了我。於是我帶着小女兒去面試，當時聊得特別開心，校長和老師表示特別喜歡我這個小女兒。在得知小女兒會跳拉丁舞後，還請她現場表演了一段，直接說，學校大禮堂的那個舞台都是她的，校長當場就表示要錄取小女兒。這裏不得不說，香港的老師真的很會鼓勵小朋友，聽到這樣的誇讚，小女兒心花怒放，非常喜歡這所學校。我們把報名註冊的資料都帶回了家。

但是討論到要讀 6 年級的大女兒時，學校老師說得也非常真誠。說只要我們不介意，堅持讓大女兒直接讀 6 年級，學校可以同意。但從學校角度來說，他們覺得這樣對孩子不公平。簡單來說，在香港，除了 12 年一貫制的一條龍學校，學生從小學升入中學是要憑着呈分試的成績進入教育局升中的池子來派位到各個中學的。而小學呈分試的成績除了包含 6 年級的兩次成績，還包含了 5 年級的一次成績。並且，因為香港每個學校的課程教材都不一樣，孩子剛進 6 年級，還要適應學校的學習與課程，這也會影響孩子的學業表現。

經過綜合考慮，我們遺憾地放棄了這一家學校。

在找尋學校的過程中，我也看到了香港傳統的一面，比如有些學校只接受紙質材料郵寄或親自上門遞送報名，這些學校都被我過濾掉了；再比如報名需要用到現金，甚至有學校只接受支票。我們接到通知的第一家筆試的私立學校，在打電話給我時就提醒要帶現金，結果我們還是忘記了 —— 內地的電子支付便捷程度真的遠超香港。還好，老師比較通融，同意讓孩子先進去考試，我們去取款把錢補上就行。結果因為不熟悉路況，真的是找了好久才找到取款機。這裏又想感慨一下內地生活的便捷。

但如果說從見到家長開始就算面試的話，我想我這面試肯定不及格，不僅粗心大意忘帶現金，交錢簽字時，還毛手毛腳地把手機摔到了地上。

在考完試時，我就問孩子感覺如何，她說很多數學題目都看不懂，並且因為專有名詞表述與內地差異很大，孩子在閱讀理解上還是有些困難。這家學校的申請結果可想而知，我們沒有通過。我安慰孩子說沒有關係，我們就當練練手了。

最後我們選擇了一所港島東區的普通話教學的學校，10月底完成了註冊等全部入學準備。一方面，因為香港本地的傳統名校，我們暫時還進不去，另一方面，這所普通話學校的學業成績在東區也是排前列的。我有一個朋友的兒子就是這所學校畢業的，非常優秀。並且選擇普通話學校，也能降低孩子適應的難度。

就這樣，2023年11月的第一天，兩個女兒正式開始了在香港的求學之路，大女兒還是選擇了降一級，入讀5年級，小女兒入讀3年級。對於在香港上學這件事，兩個女兒感受是不一樣的。小女兒非常積極主動，甚至有一次為了來香港面試學校，她是自己一個人搭飛機來香港的，並且還是在參加完內地學校的彩虹跑活動之後才飛過來的。香港對她來說，雖然陌生，但也充滿了新鮮、別樣的體驗。

而大女兒之前就說過想等上初中後再決定來不來香港讀書，但因為我不想讓兩個女兒分開兩地讀書，因此在小女兒的積極主動之下，與大女兒商量討論，最終她也同意過來讀書了。現在想來，這也為她們幾個月後遷回內地埋下了伏筆，只是當時一切的決定都較為匆忙，沒有細細思量。

香港寸土寸金，大部分學校都沒有足夠的運動場地和活動空間，更別提大操場之類的了。兩個女兒首先不適應的就是這點，學校裏的戶外活動太少了。與內地現在「每天陽光體育一小時」的要求相比，香港學校的那點活動量真是相形見絀啊。但在作業量上，確實要比內地輕鬆不少，孩子能有足夠的空餘時間，做自己想做的事情。

在兩個孩子確定來讀書時，我就找中介尋租學校附近的房子了。我通過一個「牛媽」認識了一個超級負責的中介，請她先找了十幾套房源，我們一次性看過去，大概花了四個小時，就簽訂了學校附近的一套房子。兩三天後，孩子奶奶跟爸爸就來幫忙佈置新居了。我先生又一次充當了搬運工、組裝工，大家齊心合力，又裝扮了一個溫馨的小家。為了照顧孩子的飲食起居，奶奶也就此待了下來。

其實奶奶一開始是說不來的，因為擔心自己不能適應外面的生活，尤其是在語言不通的情況下，對未知總有一些恐懼與擔憂。但其實我們居住的北角是一個普通話環境很好的地區，被稱為「小福建」，奶奶鼓起勇氣過來之後，反成為適應最快的那個，還迅速找到了跳廣場舞的組織。結果 2024 年復活節之後，我們又舉家遷回內地，奶奶還說了一句，難得適應了又要走了。想到此處，確實也覺得有點對不起老人，因為子女的需求，請她幫忙，來港照顧孫女；又因為孫女的需求，突然離港，生活重心都是圍繞着別人的安排而轉，她的想法無形中被我們忽略掉了。

在生活上，因為有了奶奶的照顧，孩子在香港並沒感覺有所不便。並且，農曆新年時，我們還把孩子爺爺也接了過來，大家一起開開心心地在香港體驗了春節。大年初一那天，我還發了一大家子去黃大仙參加初一祈福活動的朋友圈：

吃過奶奶一早做的芝麻湯圓和餃子，我們去往黃大仙祠，雖人山人海卻井然有序，生肖為龍狗牛兔的人可以免費入太歲元辰殿。五人同行兩隻兔子，還有一隻龍在家不想出門。Maymay（小女兒）求了平安，我求了健康。祝大家 2024 有趣有盼無災無難。

彼時的我，完全不會想到，三個月後的我們又如旋風般搬回了內地。

香港的復活節假期較長，我們帶着孩子回內地小住幾天，但是大女兒臨時提出，不想回香港讀書了。當時我們返程香港的機票都是買好的，確實沒有意料到孩子會提出這個要求。我們在商量了之後，尊重了孩子的想法，但也不想讓兩個孩子分開兩地讀書，於是跟小女兒也好好協商了一番，於是兩個孩子就此留在了內地。幸運地是，兩個孩子也還是回到了內地原來的學校繼續讀書，校長跟老師都表示非常歡迎，而且幫忙辦好了所有手續。

就這樣，在我忙着碩士課程各項考核、迎接畢業的時候，兩個孩子也回到了內地，所以我才一直稱我們家兩個女兒是「陪讀娃娃」。

03

在孩子成為「陪讀娃娃」這件事情上，我想我是需要重點反思的，在這裏寫出來，也算是給大家一個提醒。

我們家姐姐 12 歲，妹妹 10 歲，年齡雖只相差兩歲，由於個性、心智發展水平不一樣，在問題處理上有着天壤之別，我們確實不能忽視孩子的這一點：她們在不同的年齡段，思考問題的方式非常不一樣。

在香港讀書的這幾個月，妹妹適應得很好，雖然學校的活動場所不夠大，活動也不夠多，但學校的作業也不多，老師們都比較溫柔。學業壓力小了，其實我們大部分課餘時間都可以用來活動，我們租住的房子附近就有兩三個小型遊樂場，小朋友們一放學就可以放下書包，去遊樂場玩耍。在這種氛圍中，妹妹很開心。

而姐姐的境況就很不一樣，這裏面也有我很粗心的一面，沒能細微體察姐姐的心思與情緒，後來還是在孩子們回到內地讀書時，通過姐姐的英語家教老師了解到了姐姐的真實想法。

姐姐比較懂事，對金錢也開始有了一定的認知；而且跟妹妹在三年級的學習不一樣，姐姐在面臨五六年級呈分試升中學，她也有了學業壓力。

一方面，姐姐對我們在香港的花費，比較心疼，覺得大人賺錢不容易，而我們一家人在香港的開銷比較大。她知道我工作的不易，看到過我因為客戶欠款而焦頭爛額，所以當她知道我們在香港租住的房屋價格的時候，非常生氣，因為我們一開始沒有對她說真實的租金。而在我給她找英語補習家教時，她其實是想拒絕的，但是又怕我生氣或者傷心，也不敢表達她真實的想法。

另一方面，她剛來就面臨升中學的學業壓力，而由於內地與香港的課程差異，尤其是英語水平的天差地別，姐姐並沒有達到她所期望的學業成績。儘管姐姐在其他方面表現得都很優異，比如學校的板報製作，去開家長會時，姐姐的班主任特地跟我說，教室裏的那些板報，上面的畫作都是姐姐畫的，但也委婉地提了文化課成績的問題。所以姐姐覺得花了那麼多錢，但是自己萬一考不上比較好的中學，就覺得很對不起家裏人。雖然我也有安慰過姐姐，說我們才剛來，還有時間可以適應，可以繼續努力。但是從後面發生的事情來看，這些並沒有能緩解姐姐焦慮的心情。

復活節假期回內地度假時，內地是正常上課，所以孩子們可以回到原來的班級，與同學老師敘舊。姐姐回到班級後，應該是感慨良多，加之在香港的種種壓力，就怎麼都不願意回香港讀書了。最終我也覺得孩子的身心健康最重要，本身帶孩子去香港也是為了她們的身心健康，不要把所有的精力都耗在學業成績上，那麼現在姐姐在香港並不開心，甚至已經嚴重影響了她的情緒，就還是尊重她的意見，接納她的選擇與決定。

幸好，妹妹也同意了這一安排，我們就舉家又遷回了內地。也幸好，回來了之後，姐姐妹妹也都很開心，現在姐姐每天騎自行車或者滑輪滑上下學，妹妹在學校裏每天就能有橄欖球、籃球和馬術等興趣班，姐妹的學習主動性也都很高，有時還會說要在學校裏完成作業再回家。

04

在香港的生活體驗是美好的，可以在都市文明與山野自然間絲滑轉換。中環與南丫島是截然不同的兩種風情，工作時間，中環的街道上永遠充斥着匆匆忙忙的打工人，而一到下班時間，這些身着西裝的白領就可以坐船到南丫島享受休閒山野時光。上午我還坐在教室裏學習，作報告，下午就能提着一瓶水，跟一群朋友爬上山頂，俯瞰維港，欣賞絕美風景。我愛徒步的習慣就是在香港養成的，當時就想着要好好用腳步丈量香港的每一寸土地。

香港的面積大概只有上海的六分之一，是典型的濱海丘陵地形，山多平地少，地貌豐富，有超過 250 個島嶼，雖然其中很多都無人居住，但離島生活也成為香港吸引眾人的一大特色。香港就像一顆小而美、內涵豐富的明珠，你輕而易舉就能逃離城市的喧囂，踏上一個附近的小島，優哉遊哉地享受美麗的山水風光。

作為國際化大都市，香港的基礎建設完善，各種公共設施都很人性化，雖然地少人多，但在香港的街頭，我看到殘疾人也可以順暢出行。當然，也因為地少人多，香港的部分房子的確可以稱為「鴿子籠」，房屋居住體驗不佳，物價水平也居高不下，若論居住生活的「性價比」，確實比不上內地。

在香港生活的這段時間，與家人朋友吃早茶，隨時約一個爬山，人氣餐廳、星光大道、迪斯尼樂園、海洋公園、演唱會，各種文化藝術展館，我們幾乎都逛了個遍，這就是香港的好，雖然小，但是夠國際化，物質的生活、精神的享受都能夠很便捷地獲得。

在 2023 年國慶假期時，兩個孩子來香港度假順便面試學校，這期間，孩子們的體驗確實很美好，觀看時隔五年的盛大國慶煙花匯演，去我的學校觀摩蹭飯，遊覽加多利山，瘋玩海洋公園，密集領略到了這座城市的魅力。

在香港生活的這段時間，碰到很多善意的人與善意的事，這也是香港的好。一起讀書的同學，比如前面提到的開學時跟我一起合租的班長與杭州的室友，給我提供了很多幫助，我們同學之間交往也很頻繁，會有同學經常到我們那個小家聚餐，或者約着去會所喝茶吃火鍋。

還有在租房和找學校時，我也感受到了香港人的專業與善意。孩子要來香港讀書時，我需要重新租房，跟中介講了我的租房要求，中介在很短時間內就找到了十幾套房源，等我一到香港，僅用了三四個小時就把房源都看了一遍，整個過程非常高效。後來，我們要回內地，涉及房子轉租的問題時，中介也很幫忙。

在香港租房，通常簽約是「一年死約一年生約」，也就是說第一年是固定不能毀約的，租金跟時間都沒有商量的餘地，就算不住，也要把這一年的房租付完。到了第二年，如果提前通知，雙方協商後就可以解約。

我們要解約時，「一年死約」還沒到期，房東人也很好，跟他商量，我們幫忙找到下家給轉租出去就可以不損失房租押金，畢竟香港一個月房租還是挺高的，我的那套大概是 3.3W 一個月，

78 平方米，在香港算是千呎豪宅了。所以每空置一個月，是一筆不少的錢。幸好後面順利找到了下家，中介也是義務幫了不少忙，還幫着我們辦理各種轉租手續，真的是非常感恩。

香港的善意還包括前面提到的小女兒去面試的何文田一家學校的校長與老師，現在想來，校長當時的欣賞是真誠的，建議是專業的，因為姐姐進入後來那家學校，也確實是降了一級讀書的。偶爾我也會想，如果當時給姐妹倆就讀的是這家學校，會不會有不一樣的結果。只是，人生確實沒有「如果」。

現如今，我與香港的緣分還遠未結束，我已獲得兩年 IANG 簽證，再加上身為外貿人的自由與敢想敢做，也許，我跟香港的連結才剛剛開始。

我很喜歡一本書叫「向前一步」作者謝麗爾．桑德伯格說：「女性要轉變思路，不要總說我還沒有準備好，而要去想『我想做』，而且我可以邊做邊學。」是的，我已經在着手研究香港幾間大學的博士研究生課程，我知道自己學術底子薄弱，向前一步會遇到各種艱難和挑戰，但怕甚麼呢？

我始終相信，向前一步，結果或許不同。

（葉子對本篇文章做了加工修改）

飄到香江的雲

文 / 婁雲

▶　個人小檔案

婁雲，英文名 Loria，兩女一兒的媽媽。2023 年通過進修來到香港，曾任職於國際學校，現在一家知名航空公司工作。居於內地時曾擔任英語教師逾十年。理學學士、應用心理學碩士。自我評價：精雕文字的中年小阿姨。

飄到香江的雲——港漂媽媽9故事

01

「媽媽，我睜不開眼睛了。」「那就睡一下吧。」二女兒早早（她的小名）倒在我旁邊，我把圍巾給她披好，小傢伙好似瞬間就睡着了。大女兒俏俏則仍舊一臉盈盈笑意，繼續她的畫作。此刻，我們身處晚上 8 點的萬米高空，再有 3 個小時飛機就落地長春了。我開始對這篇文章做最後的整合，在香港生活的一幕幕，又一次浮現在眼前。

此刻提筆，發現心境也隨時過境遷和物是人非而發生很多變化。

2022 年 3 月，我的小兒子出生了。相信經歷過那幾年的每一個人，都能想象得到當時的艱難。兒子出生後，帶給我很大的衝擊。家庭結構、我的身份角色，一切都在每天日升日落中悄無聲息地進化。那時，我的思維亦在繼續「捲」還是「佛系躺平」之間來回搖擺。

開始「港漂」的念頭，是 2023 年新年前夕，先生在一次開車中無意間提及的。或許是 80 後對香港有特別的情結吧，他洋洋灑灑地憧憬着去香港生活、三個小孩去香港上學。當時我在車上後座抱着熟睡的兒子，車上只有我們三個，兩個姐姐在姥姥家。我對他突如其來的念頭感到不可思議，回他：「你在想甚麼呢？能在長春把三個小孩帶好已經是很大的挑戰了，而且香港生活的光鮮亮麗，都是影視作品的藝術渲染而已。」他答：「那深圳也不錯。」後來我們還討論了甚麼，已經隨風散在長春清冷凜冽的寒風裏記不太清了，總之我當時覺得，去香港這個想法，就跟明天隨便買張彩票就中 500 萬一樣，是個天大的笑話。

到家安頓好熟睡的兒子，先生接着去忙他的事情。向來能熬夜的我，不出意外地又開始深夜活動。但他的一番話並非對我毫無影響，我鬼使神差地開始搜集香港信息，此後便一發不可收拾。那天，我才了解了內地移居香港的幾個途徑。對比下來，對當時的我來說，讀書進修是最適合的了。所以我就開始了資料收集，慢慢向申請香港學校的方向靠近。正巧當時我也在準備國際中文的考試，索性把雅思也順手準備了。那時候並沒有打算 2023 年就來到香港，只是想趁着有學習的時間和熱情，就早點從容準備起來。

02

轉機在 3 月初發生。在這裏不得不提到婧婧和 Kevin。我和婧婧相識在一個新媒體平台，當時刷到她一邊祈願一邊吐槽的帖，覺得這個人真是好有趣，就聊起來。經由她認識了 Kevin。後面慢慢發現，竟然有好多人試圖通過申請讀書的路徑移居香港，婧婧也是一個申請港校交流群的群主。婧婧當時已經拿到香港都會大學 MBA 的 offer，Kevin 也在申請中，而我只是在群裏默默關注着每一個人的申請、面試以及錄取或不錄取的喜怒哀樂。

十年養育 3 個小孩，同時又不想放棄事業的我，感覺知覺神經已在日復一日的循環生活裏慢慢消磨、遲鈍。所以，雖然已經在準備雅思，但是正式申請學校的計劃我打算放到 2024 年。時近暮春，城春草木深，孟夏草木長，我也在慢慢習慣着被動捲入時空，逐時間之流，隨萬物奔波湧去，不覺間將歡喜和憂傷的因由讓渡給了外物。殊不知自己其實可以擁有更多「賦予」的主動，把心隨境轉，調換為境由心生。

時光流淌，長春的春天也在慢慢靠近，雖然已近 5 月，空氣和陽光依然有着各自的脾性。陽光燦爛，但不影響空氣驕傲又清冷。轉眼迎來象徵東北春天的開始，五一假期。先生給孩子們預定了長春當地電台聯合度假酒店開展的親子活動，就這樣我們帶着孩子開始了假期。我依然沒有把港校申請提上日程。那次的五一假期，現在想來，依然懷念。三天的時間，酒店組織了多項親子運動，女兒們歡樂無比，熱愛攝影的我當然給孩子們留下很多好看的照片和視頻。晚間回到酒店休息後，沉浸在剪輯視頻世界裏的我，鬼使神差翻到了婧婧的群，Kevin 不斷催促我趕緊遞交申請，他最經典的一句話就是：你就當給明年攢經驗咯，今年的遞交就當操練，又沒有甚麼損失。於是就這樣，回到家後，在沒有 CV、沒有任何文書的情況下，我申請了全英文授課的 Applied Psychology，只是遞交了必須的文件和相應的證書，就草草地保存並提交了申請。接下來的幾天，學校讓我補充了幾個證件，我就繼續回到了平淡生活裏。那時已近申請季尾聲，5 月 31 日截止申請，我補充好文件已經是 5 月 18 日。

長春漸暖，草長鶯飛，陽光明媚。如今依稀記得，一個陽光明媚的下午，我和親愛的庭妞，我的高中好友，在書店聊着雅思準備的事，她一如既往向我投來堅定支持的眼神。相識近 20 年的時光，她小小的身體裏，堅韌的靈魂愈發有力量。她攻讀了吉林大學法學博士以後，任教於長春理工大學。每次提到她，都會讓我小小傲嬌。相識於微時，多年的情誼和彼此內心的能量支持，讓我們在各自向前奔走的生活裏，依然保持着對自我成長的無限追求。她的博士研究方向是女性主義研究，所以有時我總開玩笑講，她就是我最好的女性成長文獻指南。

03

時間來到了一個很奇妙的晚上，5 月 28 日，還是先生開車，小女兒早早、熟睡的兒子和我坐在後座，大女兒俏俏在副駕駛座位上悠閒地聽着喜歡的音樂，路燈透着暖黃色的光，灑在每一輛疾馳而過的車頂上。拿起手機想給孩子們拍照，發現郵箱裏有未讀郵件，是下午 2 點鐘就發進來的，我竟然一直沒有看到。打開郵箱，是學校發來的 5 月 30 日的面試通知。只有一天的準備時間！很想給當時的自己配上一個捂臉哭笑不得的表情。

3 個月雅思的準備，給面試奠定了很好的基礎。那天的場景，至今依然歷歷在目。下午 2:15 開始全英文面試，我提前測試好攝像頭和麥克風，找了個美美的角度，穿了稍顯正式的上衣，只是有點厚……一切準備就緒。統一進入 Zoom 後，老師組織了面試前的說明，然後告知了每個人的面試時間，我的開始時間是 3:20。進入等候室時，老師和其他同學是不會看到你在做甚麼的，所以等候時間我敞開有點厚的外套，就在那悠哉悠哉地看資料，結果 3:00 我的會議室就響起了老師的聲音……緊張導致我略顯慌亂地把外套穿好，說了兩遍 sorry，展示了身份證等一系列文件，然後開始自我介紹。雖然已經做了準備，但仍然有些措手不及的慌亂，我做了幾次深呼吸，儘可能集中思緒。接下來老師的各種提問讓我血壓飆升，專業名詞又多又長。我全力把腦子裏的心理學詞彙提煉整理後形成觀點表達出來，但免不了有點磕磕巴巴，只能自我安慰順其自然吧。老師全程很耐心，告知我 14 個工作日內會有結果。關掉面試視頻後，覺得沒有甚麼希望了。雖說原本就沒指望 2023 年秋季就拿到 offer，但人總是在越接近目標時越貪婪和期待。好在黯然失落了幾個小時後，我就調整好心態，和女兒去吃小龍蝦了；5 月 31 日的晚上，還和女兒們做了很多蛋撻，她們要在六一帶去學校和同學們分享。看着孩子們眼中的興奮和期待，更加衝抵了我等候未知結果的焦慮感。情緒的確是可以傳染的，被孩子們的歡樂感帶動着，我整個人也是輕快的，但還是會時不時地刷郵箱，看是否有漏掉的信息。

在等待了幾天後，6 月 5 日，我和工作室的哈哈跑去黑龍江伊春出差。哈哈是小我 2 歲的 90 後女孩，一個優秀的軍嫂。原本的長髮女孩在我們相識兩年後剪了利落的短髮，整個人由內而外煥發着活力和青春。由開始的彼此欣賞到後來的逐漸相知，我們成了默契的工作夥伴，共同創立並且經營着一個心理工作室，直至今日。到達黑龍江後，我們倆都被龍江靜謐的大山和清澈的溪水吸引着。一路看到雲霧環繞的高山，天邊掠過的飛鳥，不時出現的溪流和江河，我們被一幅幅真正的山水畫卷治癒着。哈哈問起我的面試結果，我雖回答着順其自然，但掩蓋不住的期盼和無法稀釋的焦慮，在用一種除我以外其他人都感受得到的方式時不時挑動我的神經。6 月 7 日早上，和哈哈吃過早餐後準備返程，照例繼續檢查郵箱，一開始依然沒有任何新郵件，但就在要關掉手機的那一刻，熒幕上方彈出了 HKMU Admission 發來的郵件，那一刻的心情複雜無比，我有點不敢打開郵件，卻也期待開頭的那個 Congratulations。但無論如何，我總得打開它。

我收到的是成功被錄取的通知，但，是有條件錄取，學校在7 月 31 日之前需要我提供最新的雅思成績。那感覺就像，以為已經摘到目標果實的時候，又發現中間還隔着一層玻璃。

看着很容易就要達到的終點，忽然再次變得模糊起來。伊春地處北緯 47 度，四季分明，雨熱同步，夏無酷暑，氣溫宜人。但看着郵件，我卻頓感頭腦悶熱。剛剛從是否錄取的焦慮中解脫出來，又揹負上了雅思成績的重壓。

回程路上，望着車窗外一路不時出現的整齊田野、高聳青山、天邊越來越稀薄的雲，不知道是哪一刻，我的心底隨窗外景象生出讓自己感動的堅韌感，思緒也在和哈哈的聊天中，慢慢回到小時候，回想起這一路走來的三十幾年。

04

我的童年，是在東北小城的鄉村長大。提到童年時光，記憶裏總是會第一時間提煉出一幅畫面：陽光熱烈，小院周圍盛開着各色花朵，蝴蝶在搖曳的花叢中穿梭，我的小凳子在太陽的照耀下，閃光溫熱。三年級的我，坐在上面看着記憶中的第一本課外書，我小叔買給我的格林童話。封面是白底黑格，格林童話四個黑色楷體字印在最中間。愛不釋手四個字被童年的我演繹得淋漓盡致。之所以一路成長至今依然熱愛寫作，許是來自那時的積累和沉澱。童年的鄉村，又小又安靜，每次下雨前的灰色天空、沙沙作響的樹葉、空氣中泥土的味道和耳邊吹過的風，故鄉遠去的風景，始終滋養着我的精神。

鄉村的童年，視聽娛樂是奢侈。我和妹妹最多能看上幾集《還珠格格》。跳格子、跳皮筋是我們在小村的主要消遣和社交。我們有着一群跳皮筋技藝高超的小夥伴，大家一起享受皮筋高度不斷提高、跳躍難度不斷提升的樂趣。我們用被棄在路邊的碎瓦片在家門口的土路上畫好格子，穿着各式各樣的布鞋，跳在如今再也回不去的格子上，辮子和衣角是飛揚的，陽光毫不吝嗇地灑下來和着空氣裹我們衣服和地上的灰塵，每一個淌着汗珠的小花臉都要被父母嘟囔怎麼髒成這樣……

隨着哈哈的一句鼓勵「姐你沒問題的」，我收回了思緒，回到

2023 年的當下。是啊，對於一個經歷過物質的匱乏，在泥土地上長大的孩子，還有甚麼是大問題呢？小小雅思而已，來嘛。內心豪言壯語，實際行動也要跟上。

回到長春後，開始了和 Noah、阿薇的一對一「雅思攻堅」。那段日子，每天早上送女兒們上學後，我就馬不停蹄地奔向桂林路，開始雅思的聽說讀寫訓練。去學校的路上每天都會經過長春市最負盛名的東北師大附中，看着身着藍色校服的孩子們，內心不禁感歎，這不知疲倦的青春啊。雖然英語專業畢業，雖然一直自詡終身學習，可是對於已經是三個娃的媽媽、年近四十的我來說，雅思出分依然是魔咒。自我激勵的辦法被我學得明明白白。我在手機屏保上加了一句：當你全力以赴的時候，全世界都會為你讓路，山無遮，海無攔。可是，人生的很多事，急不來，就像等待草長花開，大地需要等待陽光，等待雨露，等待季節的輪轉一樣，我也同樣要等待靜下心來的自己，慢慢剔除雜念，把一句句英語重新穩妥地塞進腦子裏。在 6 月 14 日的晚上，阿薇的小教室裏，我用手機記錄了當時的情緒狀態：

2023 年 6 月 14 日 20:07

今天是雅思一對一回籠的第三天，刷了一整天的聽力和閱讀，可是感覺閱讀依然沒有進步，感覺那麼多單詞都在嘲笑我……此刻是晚上 8 點鐘，坐在一間備考的小教室裏，不爭氣地哭了。看着平姐發來的視頻和文字，更有感觸。青春，已經走遠了。我坐在這裏，緬懷，又遺憾。不過，都已經過去了。我並沒有因為年齡的增長而懼怕，反而感謝自己可以無畏地繼續努力前行，歷經歲月流轉而更加知道努力爭取的意義。過程的確煎熬，可是，又有哪一種蛻變沒有苦痛伴隨呢？和筱雨吐槽了一下此刻狀態，好像又回流了一些能量。孩兒們的未來，或許就因為我此刻多一分鐘的堅持就會改變。更大的世界和多元的生活，就是我此刻耐住寂寞的意義吧。

多有趣，26 個英文字母的無數個排列組合，讓我在無限循環的崩潰、自愈、再次崩潰、再次自愈的圈裏反覆跌倒又爬起。

曾經把董宇輝的語錄整理了文字，給阿颯分享，在此刻我也在默默鼓勵自己：

當你背單詞的時候，阿拉斯加的虎鯨正躍出水面；

當你算數學的時候，南太平洋的海鷗正掠過海岸；

當你晚自習的時候，地球極炫的夜空正五彩斑斕，

但少年，夢要你親自實現，世界你要親自去看，未來可期待，請你拚盡全力。

當你覺得為未來付出踏踏實實努力的時候，那些你覺得遙遠的人和看不到的風景，都終將在你生命裏出現。

寫下這些文字後，我不禁落淚，為在困難前迷惘的自己生氣，為看着大女兒日漸增長的學習壓力而心痛，為想竭盡全力留住她們眼中的光而繼續堅持……我用記錄的方式釋放了自己的糾結和壓力，平靜後，我給自己定了死任務，務必在 6 月底拿到理想的雅思成績。雅思機考出分快，三天就可以出成績，大不了每週考一次。但我不熟悉機考操作，就每天泡在阿薇的學校裏，不停地刷題。

05

6 月 25 日，我忐忑地走進長春工業大學雅思機考考試場地。記得當時我的美甲已經有點長了，但是進到教室的一剎那才開始懊悔，百密一疏，怎麼就忘了卸掉指甲，這多影響打字的速度啊……考寫作的時候，感覺自己用指甲而不是指腹打了畢生速度最快的字，聽着其他年輕的孩子們劈裏啪啦敲鍵盤的速度，我內心的悲歎不停翻滾。

結束寫作考試後，我認為自己肯定要繼續參加下一次機考無疑了。意外的是口語考試結束後，久違的自信奔赴而來 —— 口語考試我發揮得很是滿意。接下來就是靜候成績了。三天的時間，真的是漫長又煎熬。6 月 28 日，一大早我就醒了，依然習慣性地翻郵箱，雖然知道機考成績要到下午 2 點後才公佈。早飯午飯都是胡亂吃了一點，就抱着手機繼續刷郵箱，反覆登陸教育部考試網站。無限接近結果卻又得不到的時候，那種感覺真的太煎熬了。從下午 2 點坐在書桌前，看着時鐘從 3 點劃到 4 點，又從 4 點慢吞吞爬到 5 點。6 點鐘的時候，我感覺自己越來越煩躁，時間跳到 7 點的時候，我一度懷疑是不是今天看不到成績了，阿薇微信裏告訴我播放「好運來」，我魔怔一般迅速打開了播放器，放了十幾遍還是沒等來郵件，隨即拿起手機發了一條吐槽的朋友圈，緊接着又把音樂換到「篇章」，當周深唱到「別讓心中的光變得暗淡，飛過湖泊與高山」的時候，網站的頁面彈出了我的成績……

無暇顧及小分，看到總成績後，內心一陣狂喜，我馬上拿起電話第一時間給先生打過去，他正帶着阿颯在鋼琴課下課回來的路上。喜悅要被分享才會更加有意義，他在電話那頭馬上就說，這下明天帶你和孩子們去星光花海度個小短假，讓你焦慮的心情放鬆一下。一瞬間，感動肆意瀰漫心頭，的確從備考雅思到申請港校，是先生的巨大付出在支撐我克服前進路上的困難。

我和先生是高中同學，從戀愛到結婚，經歷了大眾能夠想到的落俗劇情以及各種各樣的困難和挑戰。我們兩個有着不同的成長背景，我奔跑在鄉村的曠野，他成長在不斷變遷的商人家庭。到 2024 年的 9 月 17 日，我們已經攜手走過了 12 年。12 年裏我們各自從桀驁不馴慢慢走向穩重成熟，不斷地調整自己，轉換角色，從曾經的少年到如今 3 個小孩的爸爸媽媽。2016 年以及 2019 年，我們分別經歷了不同程度的來自於家庭和事業上的變故。年少的情感基礎，抵禦了人生後來的風雲變幻，我相信，每個人在不同的年紀會有着不同的認知，不必用當下的閱歷去評判曾經的自己。我們之間，會有分歧，會有爭執，也會爆發激烈爭吵，但經過多年的相濡以沫，在計劃移居香港這件事上，我們幾乎達成了完美的默契。身邊的一些朋友會說，羨慕我遇到如此善解人意的伴侶，對我無條件地支持，我的回覆是：遇到對的人的前提是，先成為對的自己。

我對婚姻有自己的解讀，它的一頭是延續單身時期的美好，另一頭是多一個親人、愛人來愛自己。相互尊重，相互理解，又快樂有趣的婚姻，才是兩個人保持同頻、共同進步的基石。贏得婚姻的同時，保全自己同樣重要。我要的保全，是不斷持續的學習，更新自己。我愛自己，也歡迎他人來愛我。

我和先生，都是學生時代開始就熱愛政治歷史的人，所以經常會找很多相關題材的國內外電影一起看，會在電影結束後進行探討，甚至因為某個觀點而激烈辯論；我們的口味也有共同點 —— 嗜辣，為此幾乎一起嚐遍了長春的麻辣火鍋和麻辣小龍蝦店舖；育兒理念也因為不斷地交流價值觀而自然而然地相互趨同……其實，我們也不是甚麼完美夫妻檔，我也會在吵架後看着他沒事人一樣翻身睡過去，用拆快遞的洪荒之力把他從床上拉起來，頭頂着熊熊「氣火」嘟囔着「我還生氣呢你怎麼能睡得着」並繼續辯論；也會在他下班回家後向他吐槽我遇到的煩心事，兩人在你累我也沒閒着的委屈中你一言我一語地對壘中感歎「你並不是一個像在外看上去的好丈夫」「你也並不是朋友圈裏展現出的情緒穩定的好妻子呢」……在殺敵一千，自損八百後，感謝共同熱愛的麻辣小龍蝦撫慰了我們的胃，彼此問一下對方想去哪家吃，就在去吃小龍蝦的力量下忘記了你來我往的爭論。

無論哪種親密關係，朋友、親人、愛人抑或親子關係，美好的月暈不會永存，月暈幻滅後，才是作為凡人的我們修煉的開始。而這修煉，就是伴隨一生的課題。每個人有每個人的人生，軌跡不盡相同，我也從不認為有誰能夠找到完美參考模版照搬照做。生活是一個複雜龐大的交織情感的概念體，不會給我們配置說明書，全靠我們自己主宰。我的態度是：極致地坦蕩，無堅不摧，想遇到甚麼樣的人，就先去做甚麼樣的人。

06

6月30日，我開始和學校聯繫辦理學生簽證，打印資產證明以及一系列的抵港入學手續。隨着時間推移，內地各項事務交接和抵港後的住所選址等一系列事宜讓我開始了新一輪的焦慮。同時，兩個女兒何時從內地轉學隨我抵港入學，我需要訂多大的房子來作為我們在香港的新家，這都成了亟待解決的問題。等待學簽下來的時間裏，我開始不斷通過各個管道收集香港的住房信息，天生對空間和地理無感的我，光是選擇住在哪一個區就耗費了許多精力，然後頓感自己效率好低，又開始自我批判。但好朋友小丫曾經對我說，你這麼愛笑，運氣永遠不會太差。在經歷了一週的搜尋之後，機緣巧合之下，我認識了香港 local 房東 Mark，通電話之後他告訴我最好不要直接通過中介訂房，一定要親自來港看房才最穩妥。抵港後的日子裏也驗證了 Mark 的話，很多新港漂們入港第一步租房環節，就踩了很多坑，更有甚者聯繫到的並非真正的中介公司，而是實打實的騙子，並因此損失慘重……

幸運遇到 Mark，同他了解到了不止區域選房的重點，還有很多關於孩子們未來擇校的信息。電話中他中肯的建議，消除了我很多顧慮，於是掛掉電話後就定了 8 月 10 日飛香港的機票。到香港第一件事就是和 Mark 聯繫，去看了他的房子，同時約了中介。有點小遺憾的是 Mark 的房子面積有點小，不符合我們一家的居住需求。接下來的三天，我頂着 8 月香港的大太陽和高溫，開始了在港的尋房之路。並終於在離港前一天在啟德找到了合適的房子。

我的學校在何文田，沒來港之前就關注到啟德的房子，但當時看了很多網上的評論，都在說啟德的基礎配套還不完善，環境一般，很不方便等等。待到自己親身去看，發現現實的啟德和網上的啟德截然不同。我定的屋苑是全新樓盤，交樓後，房東直接就租給了我，房間的各個角度都可以看到維港和樓下湛藍清澈的泳池。屋苑距離啟德地鐵站很近，大概步行 5 分鐘的距離，和我的學校有 3 個地鐵站的距離。周邊的休憩廣場和草地滑坡，以及大面積的人工水域，都讓居住變得愜意。更便捷的是周邊還有一個即將開業的大型購物中心。

和房東、中介簽好合同，我就在 8 月 14 日下午返回了長春，做各項事務的最後交接以及和親友的陸續道別，準備在 8 月末返回香港。二女兒阿尚的 6 週歲生日是 8 月 30 日，當時我的學校的開學典禮是定在 8 月 31 日，由於長春與香港距離較遠，我 30 日就得抵港。所以只能在 8 月 24 日給阿尚提前過了生日。那兩週的時光，朋友們為嗜辣如命的我安排了一場又一場的麻辣火鍋、麻辣小龍蝦、麻辣烤串。後來，我又收到學校郵件，可以選擇 9 月 1 日場次的開學典禮，索性就定了 31 日飛香港的機票，這樣還可以和家人們多待一天的時光。

07

30日的晚上，孩子們安睡後，我才開始慢吞吞地整理餘下的行李。不知是心底對孩子們的惦念和不捨，還是對新生活新篇章的開啟有點忐忑不安，抑或是我的拖延症發作，總之行李遲遲無法弄好。當時的我，心底莫名地惆悵，看着最後一箱衣服，我已經沒有了整理的力氣，只想胡亂塞進去。先生說讓我挑選哪些是需要帶走的，剩下交給他來疊好整理裝箱。就這樣直到凌晨1點，我的行李才徹底整理好。筋疲力盡地躺在床上，房間的窗簾被夜風緩緩吹起，8月底的長春，已經開始微涼，我輾轉反側，不知何時沉沉睡去。

「哎呀，快起床……」睡夢中聽到呼喚，我揉了揉眼睛坐起來，發現先生在陸續把行李箱往二樓搬。原來，我們兩個都沒有聽到鬧鐘，航班是7點15分，家離機場高速很近，他定了4點30分的鬧鐘，結果我們睡到了5點。將行李箱放到車裏關上車門出發的那一刻，時間是5點15分。我內心覺得飛機肯定是趕不上了，就告訴先生慢點開，大不了再訂其他航班吧。結果他一路頂着超速的臨界點，在6點02分就把車停在了機場。重重的行李箱被拖下車，我們在遲達旅客值機櫃台辦理了登機託運手續，6點25分開始安檢，過了安檢就去登機，沒有多一分鐘的等待。幸好長春的機場面積不大，6點40分我就坐上了飛機。

看着天邊被朝陽染成金色的薄如蟬翼的雲，內心百感交集。我知道這一刻開始，我的港漂生活就真正拉開了序幕。隨着飛機引擎開始轟隆作響，我發了一條朋友圈：

這次的離別有着非同一般的重量，道過別的人依然住在心上。

同祝你我，繼續追光，
平靜坦蕩，通達灑脫，
抬頭有光，低頭有路，
沐光而行，江湖再見。

那一刻，舷窗的確被鋪滿了光，隨着轟鳴聲，機翼緩緩張開，飛機離開地面，開始了萬米高空的遨遊之旅。

飛機落地，抵港的瞬間，離家千里的落寞感緩緩襲來。不同於 8 月中來港尋房時的期待和興奮，這次更多的是一個人獨自面對港漂生活的孤寂。回到住處，收到颱風「蘇拉」即將登陸香港的新聞推送。全港都在為颱風登陸做準備。學校也發來郵件，開學典禮由於颱風轉為線上進行。

成長在北方內陸的我，從前看到南方城市因颱風天氣，市民需要提前做物資儲備的新聞時還會質疑，真的這麼誇張嗎？親身經歷後，這才抹去了無知帶來的認知偏差。和房東 Esther 夫婦做完房屋交接，兩人友善提議我一起去購買生活物資，畢竟房子裏除了一捲廁紙和洗手液沒有任何生活用品。夫婦倆帶我去超市買了日常用品，介紹着附近的街市和生活區，颱風登陸的前夜，香港已經起風降溫。熱衷環保的 Esther 用大大的環保袋幫我把買回來的東西裝好，她先生幫我扛着拖把和水桶。三人在落雨之前回到家裏。把東西放進屋內後，我把環保袋摺好還給 Esther，她笑着說這個可不能忘記，每天都有大用處。

送走他們後，我開始做整理，在內地買的床墊也寄了過來。當時我們笑談，港碩幾乎都是以一張床墊為開局。2023 年的港碩又額外贈送一記颱風「蘇拉」的暴擊。床墊是真空壓縮成了一個大大的捲寄過來的，我將地板擦乾淨後展開它。床墊慢慢吸收空氣，變得越來越彈。簡單鋪好床後，我開始準備港漂的第一晚睡眠。抵港前就有點感冒的我，睡到凌晨又開始劇烈咳嗽，一夜睡眠被切割得七七八八，終於在接近凌晨 4 點鐘的時候沉沉睡去。

醒來後已經是 9 月 1 日的上午 9 點鐘。窗外已經是烈風加暴雨的灰銀色世界，漂亮的藍色泳池也幾乎看不見。我原本約了 9 月 1 日去觀塘人事登記處辦理身份證，也因為這不速之客「蘇拉」而被迫推遲。進入 Zoom 參加線上開學典禮，記錄好相關信息後就開始打掃房間。久違的一個人的生活就這麼開始了，望着鏡子中沒有睡好的「腫眼泡兒」，說了一句加油，繼續拖地。

搞好衛生後，看着空曠的「家」，我查看了一下在網上訂的各種家居、廚房用品的物流進度。是的，抵港前我已經在線上購買了好多家居用品，比在香港當地購買優惠得多。我們同在港漂群裏的很多媽媽都笑談，港漂家庭的家居風格異常統一，幾乎都是淘寶風或者宜家風。的確，來港後大多數人的生活質量是直線下降的，但我依然認為，每個人對幸福的定義各不相同，誰又知道對於別人來說，甚麼才是滿意的生活呢。

大概有一週的時間，我每天睡前都會去一個二手交易平台上搜羅一些二手小傢具。其中一個香港本地的姐姐，把用了幾個月的宜家小茶几直接送給了我。去取茶几的時候，姐姐的爸爸在家和我交接。熱心的老人家幾乎不會講普通話，英語又聽不懂，我的粵語口語也是一言難盡，粵語聽力倒還勉強。所以我們兩個人一個用粵語、一個用英語加手勢，溝通得倒是也很順利。為了把茶几運回家，我在一個訂車 APP 上訂了一輛小貨車，老人家怕我被司機要高價，全程都是他在溝通。他提出讓我不要選搬運服務，說他可以幫我搬到樓下。香港的唐樓樓梯很窄，老人家身材瘦小，頭髮花白，小茶几倒也沒有多重，但搬下樓還是需要力氣的。司機到達後，老人家和司機一起把兩個小茶几搬到車裏，他告訴我坐好就行了，又細心叮囑司機慢慢開，務必送到屋苑樓下，讓我感動得不知所措。在精神矍鑠的老人和友善的司機的幫助下，我總共花費 90 港幣取回了兩個小茶几，這段經歷讓我深深感受到香港的另一面，舊區老巷洋溢着脈脈溫情，與港式電影中平和淡然的韻致別無二致。

08

2023 年，是香港通關後優才、高才、專才以及進修讀書的內地人士集中移居香港的一年。這些人大多在內地已經擁有優渥的生活，房子寬敞明亮，車子按照自己的喜好更迭，孩子就讀於優質的學校。移居香港後，房子變小，車子也不能馬上配備，怎麼看都有點得不償失。但下決心做此選擇的人，必然心中也是有所籌謀的。或是為了職業發展，或是為了孩子教育，或許，只是單純喜歡香港，想換個城市生活。於我來說，以上三個原因都有，而我更傾向於用「選擇自己喜歡的事情，然後為之努力」來總結自己來港的緣由。

大學畢業後，我做了一名英語老師，婚後隨先生共同經營「家族小生意」，再後來我們選擇獨立創業，直到如今。所幸多年一路走來，我沒有空置英語老師的學習力和教學力，始終自我勉勵，持續學習。從英語專業轉到港碩應用心理學，中間需要填平巨大的學術鴻溝，我用了 2016 年就開始進修的心理學專業來做基石。那時大女兒阿颯 2 歲多，我已經過了初為人母的欣喜階段。看着女兒一天天長大，語言表達愈發豐富，我慢慢意識到，除了豐盈的物質條件，還要幫助她開闢充盈的內心世界。我始終認為，多年來我之所以能夠扛住「不被理解」的苦痛壓力，都源於充沛的自我滋養能力，我想讓女兒也習得這種能力，相信這才是值得她攜帶一生的寶貴行囊。

二女兒阿尚出生後，我的心理學進修之路也越來越充實，二胎媽媽的事業和個人成長一個都不放過，聽上去是何等的勵志，也不斷有人稱讚我是「女強人」。不過這是我最不喜歡的稱謂，因為任何一個二胎媽媽，若要平衡事業和家庭，都要經歷誰來帶大女兒、誰來帶二女兒，誰在家務事上操持更多等等現實問題。我也會為這些事情焦慮、頭痛，不斷和家人協調找尋解決辦法。因此我始終相信，婚姻關係也會階梯式成長，就像每個人的個人成長一樣。18 歲的少年不再需要 8 歲時鬧着爸爸媽媽要買的櫃台裏的那個變形金剛，而更渴望獨立的個人空間；而那個當下，我對婚姻的期待也不是浪漫的鮮花和閃耀的戒指，而是可以共同規劃經營家庭的篤定意志。先生懂我的信念，我們的關係也在從愛人進化成默契的戰友。

09

香港的小巢暫時安頓好後，陸續銜回枝丫、添磚加瓦、讓它溫馨牢固就是曠日持久的事情了。對我來說，急需面對的就是適應 Master 課程的超高學習要求和香港導師們的全英授課。忐忑開啟了港碩的第一節課，下課後，那種全方位的自信又回來了。沒踏進教室之前，滿腦都是不安，那些飛走了好多年的長難句一時回不來怎麼辦，那些翻譯成中文都很難懂的心理學專業名詞以英語形式出現的時候我會不會崩潰……一節大課後，曾經的 Loria 又活過來了，課程內容對我來說雖算不上輕而易舉，但也不在話下。

課後時間，則是同學們線下奔現的時刻。元元，即使篇幅有限我也一定要「濃墨重彩」寫上一筆。同是港碩求學的媽媽，她是個育有一兒一女的 90 後，皮膚白白嫩嫩，年輕的臉龐上，眼神清澈，笑容治癒。我們一同上課、一同回家。9 月的香港濕熱寂寥，我們倆彼此照亮，元元的純粹和乾淨，讓我想到了久違的小春。我經常和元元提到小春，那個已經六年未見卻依然掛在心上的人兒。元元是地道的湖南人，初相識時，心想終於又收穫了一枚麻辣吃友，結果幾個回合下來，發現她是個「假湖南人」，在家做了一道麻辣香鍋給她吃，把她辣到流眼淚。一起乘坐小巴去西貢，小巴爬坡時的隆隆聲，我只隨口感歎了一句：「哎呀，這把小車給累得直嗡嗡。」她就笑得不能自已。自此我就開啟了東北話的閘門，幾個月下來，她自稱東北話已經很在行了。

日子平淡有趣地進行，我和元元會在沒課的時候 city walk，從九龍到港島，去懷舊金曲裏唱過的天后站、百德新街和時代廣場。回想我灰蒙蒙的初中生活，住在遙遠的東北小鎮，冬天很漫長，僅有的娛樂是一個需要更換電池的隨身聽伴隨。依稀記得，趴在釘子已經冒出頭的桌子上，欣賞同桌操着不標準的粵語唱着《下一站天后》，覺得好好聽。那時歲月並非靜好，卻也一路走到現在。十三四歲的小城姑娘，的確不敢想像，有一天會生活在遙不可及的歌裏的城市。

思緒飛揚，抬眼回到如今。我不知道人生的頂峰會在哪裏，卻只想一路好好地走，認真地走。短暫如一場遊戲的生命裏，我期待更多的可能和更深刻的感受。20 年前的小姑娘，謝謝你。

10

捱着思念娃的苦楚，時間之軸終於轉到了十一假期。先生帶着兩個女兒抵港，分別一個月後，終於與家人們相聚。小兒子 Matthew 一直由我媽媽在幫忙帶，掌握至高無上權利的姥姥發話，香港天氣炎熱，Matthew 又太小，這次假期就不要跟着爸爸來了。我只好遵命，好在擁有 3 個娃，對於小兒子的思念，在看到快樂活潑的姐姐們時，也暫時被拋到腦後了。女兒們不停地問甚麼時候才能不再和媽媽分開。

我們家由於材料問題，受養人簽證還沒有提交，而當時由於入港人士都在集中申請受養人簽證，所以獲批週期也增至 6 至 7 週。被孩子們這一問，我的內心更加焦急。帶着她們度假玩耍的每一天，我和先生都在為受養人簽證的事情暗自努力。7 天假期裏，兩個女兒就像不知疲倦的永動機一樣，活力四射。中秋節當天，上午屋苑會所猜燈謎，下午奔到太空館；Disney 三天內刷了兩遍；西貢半月灣連續去了兩天，在海裏漂浮、暴曬；十一國慶節當天，筋疲力盡後依然昂首挺胸擠進維港，觀賞闊別多年的國慶維港煙花秀……我和先生感歎，7 天假期硬生生被我們過出了暑假的出遊長度。

轉眼，又到了分別的時刻。香港的秋天來得悄無聲息，樹木茂盛，枝條盎然，偶有枯葉從樹枝上飛落下來，逆着光，像一架滑翔機一樣輕靈掠過。在機場送走女兒們，回程的地鐵上，一路用看書來填補內心的空虛。可終究是沒忍住，鼻子一酸，還是掉淚了。不過，解相思之苦，還有甚麼是比以最快速度接她們來香港更好的辦法呢？

孩子們走後，我又回到了每日屋苑和學校兩點一線的生活，還要擠出時間給海外的學生上在線中文課。好在受養人簽證材料在 10 月 12 日全部準備完畢，我用了不到 1 個小時就在入境處網站上提交完畢。關上計算機的剎那，心裏回流了一絲欣慰。

10 月的生活，單一又緊張。我不是在聽老師講課，就是在給學生上課。隨着時間的推移，我的在線課程被排得越來越多。由於學生來自不同國家，我的上課時間經常在深夜或是清晨甚至凌晨。根據當時香港政府的政策，港碩留學生要等畢業後拿到 IANG 簽證才可以在線下找工作，所以在讀期間，我只能接線上教授海外學生的工作。直到港府在 10 月 25 日發佈了施政報告，其中提到放開港碩留學生在港工作限制，我第一時間投遞了簡歷，開始港漂生涯的又一個重頭戲 ——「找工作」。對我來說在港工作不僅僅是經濟層面的需要，也是更好地了解香港、融入這座未來要生活很多年的城市的一個途徑。

歲月繾綣，葳蕤生香。沒過多久，我越來越適應在港的生活和工作節奏。11 月的香港依然是陽光明媚，但沒有了夏日嚴酷的高溫，多了一絲北方的「秋高氣爽」。街頭和商場到處都是聖誕氛圍。西九龍的聖誕主題豐富多彩，整個香港彷佛童話世界。對我來說「最好的童話」就是，女兒們的受養人簽證終於在 11 月末獲批了。終於可以把孩子們接過來了，這種開心成了那一週的興奮劑。11 月學校的作業和論文大批襲來，除了上課、吃飯、去洗手間，就是窩在家裏碼字。超級能熬夜的我，香港的凌晨1點到5點都見到了。我把書桌放在了靠近陽台的窗邊，每天都看着對面港島從鋪滿陽光到華燈初上，再到月光灑下。11月底最後的幾節課，我上得格外認真。在教學樓一樓的升降機前排隊的時候，總能看到一個短髮男同學在彈鋼琴，每次或是一杯可樂或是一盒檸茶放在身旁，包包隨意放在地上，指尖跳躍，音符就輕快地從角落裏跑出來了。有時候是周杰倫的《晴天》，有時候是《退後》，也聽到過《克羅地亞狂想曲》。望着他沉醉在音樂世界裏的背影，我不禁羨慕他熱烈又含蓄、奔放又內斂的青春。如今已經30+的自己，左手經驗叢生，右手教訓縱橫，過去也曾年輕，未來也要老去，但世間，總有人正青春。收留過我們笑容和淚水的人間仍熱烈。於自己，那就認真年輕，認真老去。

在港漂媽媽群裏認識了另一位媽媽，她熱情工作，熱烈生活。我去她家給女兒取書的時候，被她全是書架的客廳震撼到。兩面牆的書安靜地沐浴着維港陽光。讓我感歎的也並不是她豪宅裏的無敵維港view，而是和她交談後她流露出來的堅定感和信念感。聽着她的港漂經歷，讓我想到曾經看到過的那句話：人既要被繁華震撼過，也要被質樸感動過，這兩種體會之間，是一個生命能夠擁有的寬度。

我還有無話不談、見證彼此從少女走到婚姻的朋友。但隨着結婚生子、工作生活軌跡的不同，我們亦漸行漸遠。我曾經非常珍惜這段友誼，為彼此的疏遠而遺憾。但後來知道，她經常通過其他朋友輾轉打聽我來港的信息，還一邊質疑一邊暗戳戳否定我的狀態，但和我聯繫的時候，又是一副很想念我的樣子。我一度生理反胃和感歎，究竟是何種經歷和人生，讓曾經也是熱愛生活、笑容明媚的女孩變得如此刻薄和俗套呢？共同好友用一句話總結：面目可憎的源頭，是她無法正視自己那沒有來由的嫉妒。對的，嫉妒使人面目全非。生活正念的兩個最大的對手，就是嫉妒和恐懼，唯有以自我成長和愛去應對。所有焦慮和不安，所有不幸和抱怨，在行動與自我成長面前，都是灰飛煙滅的結局。從此，我也對友誼採取釋然的態度：有些人，就是階段性地陪你走一段路，緣分盡了，放手就是最佳選擇。一路勝景和花開，也只屬於共同頻道的人兒的狂歡。而朋友二字，真的寶貴無比，並不是所有人都襯得上這兩個字的。

11

12月的開篇，是大女兒阿颯的10歲生日，第一次錯過不能陪在她身邊的生日。準備給女兒做一個成長視頻集錦，翻看着她成長的過往，一幀幀畫面讓我不禁感歎落淚。感歎於生命的美妙，女兒從一個小肉團出落得亭亭玉立，落淚於生命的美好，這十年，有大女兒的生活是如此柔軟。香港的冬天悄然來臨，日光也開始疏朗而美好。願意出發的靈魂總會遇見更多可能。提交完最後一篇論文，心內短暫地放鬆了幾天。將家裏整理一下，收拾行囊，準備返程長春去接孩子們來港。

依稀記得12月6日的清晨，日光浸在客廳，地板被染成金色，行李箱的影子印在上面，一圈光暈就像快要融化一樣。穿上了最厚的裙子和毛衣，準備和東北的冬天來一場正面較量。啟德出發到香港機場，候機，加上5個小時左右的飛行時間，斷斷續續讀完了一本關浣非的作品《外派》。同是長春人，關浣非的文字讓我很有共鳴，我也從中讀到了香港金融二十二年的風雲變幻、起起伏伏。作品對香港的描述也頗為客觀，更好地幫助我了解了香港作為國際金融中心的意義所在。藉作者書中文字所述：「信息是利益的源頭，香港除了是國際貿易中心、航運中心、金融中心之外，同時又是全世界最重要的信息中心之一。香港之所以成功，完全得益於制度優勢、區位優勢及基礎設施建設優勢，除此之外，香港信息最為充裕，極易捕捉全世界各類信息，這在全球任何地方都是無法比擬的，人口中約有 1% 的人在收集各類情報。二是社會價值多元，在這裏只要不煽動對抗社會，任何價值觀都可以不受歧視地存在下去。」

飛機落地長春的時候，這本稍顯迷你的書剛好看完。從機艙進到廊橋的瞬間，那種熟悉的凜冽的溫度撲面而來。我用一種近乎小跑的速度在人群中奔向行李提取處，不是怕冷，是我太想念孩子們了。終於到達出口的那一刻，女兒們向我飛奔而來，兩個小丫頭緊緊抱住我，那樣的幸福感，任我再有詩意也無恰當的文字可以描述了。2 個月未見，感覺女兒們又長高了。我們手拉手跑進停車場，聞着地下車庫慣有的潮濕味道，三人不約而同一句：「哇，這個味道太香了……」是的，我很喜歡地庫的潮濕味道，孩子們不出意外隨了我，對於汽油和油漆的味道也格外喜歡。奇葩媽媽和她的兩個女兒，在爸爸無奈的表情裏，就這麼使勁聞着這種味道鑽進了車裏。

機場到家的一路上，女兒們不停地跟我講着學校的趣事，也表達着對於去香港生活的無限期待，一路上嘰嘰喳喳。先生把車停在車庫裏的瞬間，我就邊拿計算機邊叮囑女兒們，媽媽 20 分鐘後還有課，讓她們同爸爸上樓洗漱後在房間等我。我抱着計算機就衝進三樓臥室，開始一如既往的課前準備，多少有點工作狂的屬性。大女兒看在眼裏，等我下課後，她抱着我，柔聲細語地問，媽媽，是不是很累呀？低頭看着一臉關心的乖女兒，老母親的心裏是無盡歡喜。此行只為接女兒們赴港，計劃帶女兒們回香港過聖誕和新年，讓她們先感受和適應香港的日常，再開啟學習生活，所以就只在長春待 2 週左右的時間。

兩週時間裏，除了幾個必要的工作，見了幾個朋友，我幾乎都待在家裏。陪女兒們整理行李，和兒子睡到日上三竿，像小時候一樣被老爸催着起床按時吃早飯……幸福到冒着泡泡。從 8 月到 12 月，4 個月的在港生活，神經幾乎一直緊繃，因為要處理的事情實在很多，關照自己內心的時間很少，這個短暫的小假期，讓我快速能量回流，也做好單挑一人帶娃在港生活的準備。

12

12 月 22 日，我和女兒們準備赴港。那天，公婆和爸媽帶着兒子 Matthew，一家九口在長春龍嘉機場道別，我開始了真正意義上的港漂生活。那刻開始，我的大部分時間和精力就必須分給女兒們。不過可以期待的是，1 月末，在農曆新年的前夕，先生會和爸媽帶着 Matthew 和我們在香港重聚。

長春的冬天，大地被積雪覆蓋，從飛機上俯瞰地面，雪的白色和土地的黃灰色縱橫交錯。女兒們興奮激動地將自己的飛機座位佈置得溫馨夢幻，一路上姐姐把隨身攜帶的《哈利．波特》又看了一遍，妹妹則是和自己的玩偶們玩得不亦樂乎。有孩子們的飛行時光總是不覺漫長，我們很快就到了上海中轉。姐妹二人的獨立特質在慢慢發揮，一邊拖着自己的登機箱，一邊檢查着自己的玩偶和書籍是否已經帶好。獨自去機場洗手間和接水這樣的小事，就做得更加得心應手了。

上海飛香港的航班起飛時，已是暮色時分，孩子們歷經轉機等候的疲憊，此刻已昏昏欲睡。抵達香港時，香江已被夜色籠罩。下了飛機後，機場濃郁的聖誕氛圍讓孩子們欣喜無比，長途飛行的疲憊一掃而空。不覺感歎，聖誕節之前帶她們來香港真是明智之舉。孩子們走進分別了 2 個月的家，依然吐槽，房子真的好小啊！我不服輸地和她們辯解，這在香港已經是千萬豪宅了喔。才 6 歲多的阿尚，對千萬這個單位沒有概念，但是對豪宅二字倒是頗為敏感，聽到我提到豪宅，她反問：「啊？這也算豪宅嗎？哪有這麼小的豪宅呀……」在她看來，豪宅第一要大，第二要金碧輝煌，看着她略顯「膚淺」的小臉蛋，我打趣道，我們的豪宅是咱們的思想呀，哪是一個房子就能代表的。小傢伙似懂非懂的樣子，坐到了懶人沙發裏，附加了一句：「不過，媽媽，我想說，這樣乾乾淨淨奶白色的感覺，我好喜歡呀。」然後就和姐姐迫不及待衝到浴室洗澡去了。看着兩女兒在浴室嬉鬧，我亦不禁感歎，何謂家？於我而言，和孩子們在一起的地方就是家，吾心安處，即是吾鄉。

臨近元旦的香港，熱鬧非凡，街頭洋溢着聖誕的歡樂氛圍，也流動着人們對新年的期待。我和女兒們共同決定，到港的第一週，要把時間獻給行山和大海。所以我們開始了香港各個海邊的探索以及龍脊等徒步路徑的嘗試，孩子們的熱情和毅力再一次刷新了我的認知。兩人幾乎每一個路段都是走在我的前面，我幾乎全程處在落後狀態，她們不斷半吐槽半鼓勵地和我聊天。經驗不足的我並沒有準備登山杖，可兩人一路根據自己的體力給自己配重了不同款式的「乾樹枝」款登山杖。看着她們堅定又快樂的小背影，移居香港這條路的千種艱辛，意義忽然就具象化了。12 月 24 日，我們三個去了石澳海灘，海水有一點微涼，可是對於兩個北方小孩來說根本不算甚麼。二人笑哈哈奔向海裏，海浪聲和着笑聲，畫面放鬆又治癒。聖誕節當天，我們全程在西九龍度過。白天孩子們在西九龍海濱徜徉，夜幕降臨，亮起了燈的巨型聖誕樹和聖誕主題園是孩子們的夢境樂園，晚上的聖誕煙花，是我們共同的晚安信號……臨睡前的阿尚不禁感歎，這一天可真美好呀……

2024 年新年，我們被 L 邀請到家裏跨年。心思細膩的 L 準備了餃子麵和餡料，我們一起包了「百財」(白菜) 餃子。在 L 家的窗邊，看着煙花升起在維港，大家一起倒計時，全新的節點，全新的開始，我們在香港度過了第一個新年。

度過了度假一般的香港第一週，孩子們一直在堅持的芭蕾舞以及游泳也要操練起來了。最重要的就是她們的學校選擇。芭蕾舞選在了屋苑附近的一個學校，Kathy 老師也是一個媽媽，講話溫溫柔柔，孩子們也很喜歡她，每天上課，姐姐獨立帶着妹妹就去了。游泳也在試課了幾家泳會後，選擇了規模相對小的一家，最主要還是依據姐妹二人對教練的喜歡，這大大增加了她們的學習訓練熱情。1 月底，孩子們的學校也終於敲定，一間私立英文小學。更加值得開心的是我也收到了工作 offer，去一間國際學校任中文教師。終於，那一階段的幾件重大事宜都塵埃落定。看着這寥寥幾行的文字，想起彼時彼刻帶着孩子們為了在同一天趕 3 間學校的面試和筆試，飛奔在香港街頭趕車的畫面，只想說，感謝自己的堅持，還有孩子們對我的絕對支持，她們獨立又清醒，踐行了小時候幼兒園咿咿呀呀背誦的「自己的事情自己做」。獨自一人帶娃在港的「闖蕩初期」，眾人都懷疑我能否堅持，我用行動給予了回答。

13

很快迎來了爸媽帶着 Matthew 到來的日子。我從沒有如此期待農曆新年，即便是只有過年才能有新衣穿的小時候。數着手指查着日子，1 月 30 日，他們抵港。我和女兒們早早就在機場等候。看着人來人往的出關口，我們三個目不轉睛地搜索着爸媽和 Matthew 的身影。終於千盼萬盼中，看到老媽推着兒子的白色幼兒車和揹着大大的雙肩包的老爸一起走出來。女兒們激動地飛撲到許久未見的姥姥姥爺身上，還扣着安全帶坐在小車裏的 Matthew 手舞足蹈，要和姐姐們擁抱。是的，他每一次見到姐姐們，是比見到我還要激動的。姐弟情深的畫面，真是讓我嫉妒呀……由於工作原因，先生在臘月二十七抵港，一家人終於在香港真正團聚了。

在香港的第一個農曆新年，我們看到了闊別已久的尖沙咀花車巡遊；孩子們強烈建議的海邊燒烤也進行了；Matthew 也在 3 月 10 日度過了自己的 2 週歲生日。爸媽離港前，我們全家共同配合完成了一件「大事」，那就是阿颯阿尚姐妹倆的獨立放學回家。由於日漸長大的阿颯有着自己的想法，她對於家中請菲傭姐姐持保留意見，而姐妹倆放學的時候我還沒下班，爸媽回去後，就沒人能接姐妹倆放學了。而姐姐幾次提出可以獨立帶着妹妹放學回家。與去芭蕾舞學校相比，學校離家的距離要遠得多，需要經過 8 個地鐵站，好在是屯馬線直達，孩子們無需換乘，所以我們同意了姐姐的要求 —— 配好手機和手錶，讓她們獨立放學回家。第一天在她們以為自己是獨立回家的時候，背後是全副武裝的姥爺，帽子、眼鏡加口罩喬裝跟蹤，學校老師會把姐妹倆送到地鐵站，姥爺一路上手機跟拍直播姐妹倆的狀態。連續跟蹤三天，我們全家配合的「大計」終於成功。這大大增加了姐妹二人的獨立性和自信心，也解決了我的後顧之憂。家人共度的時光，美好又略顯短暫。2 個月眨眼就過去了，讓我直抱怨怎麼這麼快。先生和我爸爸媽媽陸續返程。送兒子和爸爸媽媽去機場的那天，我們提前做了預演，為的是還有些懵懂的 Matthew 不會在分別時刻哭得撕心裂肺。我們買好了他愛吃的零食，在機場換好登機牌後，老爸老媽推着 Matthew 快步走進安檢，老媽用零食逗着他，我和女兒們躲在玻璃門後，透過欄杆看着小 Matthew 忘我地享用零食，爸媽揮手滿臉笑容地和我們道別。後來老媽才說，那天的微笑，是拚盡全力擠出來的。因為在那一刻，他們已經看到外孫女兒們開始抹眼淚了。

曾經愛哭的不喜分離的小女孩，此刻是兩個女兒一個兒子的媽媽，看着爸媽的背影消失在人群中，我沒有多餘的精力去難過，或者說難過被一個成年人的理智暫時掩蓋，我需要照顧女兒們的分離情緒。和她們約定好去吃冰淇淋，我告訴她們其實媽媽也好難過，我們讓冰淇淋來把我們的難過變甜一點吧，這才讓她們兩個破涕為笑。小孩子們的難過和開心來得快也去得快。成長中總會伴隨着別離。這一次的分別，也讓她們學會了告別，並且珍惜擁有的美好。

14

香港的春天，清風和煦，我的所有 Master 課程也迎來了尾聲，密集的考試再次來臨。考試的時間和孩子們的放學時間又重疊了，如何解決她們的晚餐成了我的新課題。經過商量，我們決定，她們放學後在何文田地鐵站下車，我去接上她們來我學校的餐廳吃晚餐。我們在地鐵站匯合後，我帶她們去學校餐廳點餐，兩個小朋友興奮地找位置，還遇到了我的同學 Tim，開朗的 Tim 和孩子們談天說地，她們感歎媽媽的同學為甚麼好年輕，像一個大哥哥……

最美不過人間四月天。香港的四月，也是格外舒適，孩子們期盼的超長復活節假期款款而至。朋友 C 姐計劃從長春帶孩子來港度假，我知道消息後很開心，也從未對友人的來訪有着如此期待。先生的一句解析讓我瞬間理解為何：爸媽和兒子的離港讓我產生的失落，會被同是家鄉人的 C 姐的到來沖淡的。C 姐來到後，我和她聊起此事，她也認同。那一刻我又一次加深了自我了解，原來，不管多麼獨立多麼強大，生活多麼順利，我的內心始終有着無法抹去的鄉愁。上天厚愛，C 姐走後，高中校友慧慧也來了香港。許久未見，友情如故，我們徹夜暢談，女兒們也很喜歡美麗的小姨。和慧慧的短暫相聚，讓我把日子順利過渡到了五一假期。

五月和六月，先生都飛來看望我們。港漂生活近一年，我逐漸感受到了其中的精彩和可愛。女兒們的粵語以我望塵莫及的速度飛速進步，很多時候阿颯已經可以做我的翻譯官，運動健兒阿尚對於學校生活的喜愛，也大大超出了我的意料。香港生活在逐漸逼近的酷熱中進入了新的階段。

七月，在我的期待中終於到來。為甚麼我會如此期待呢？因為可以和 3 年未見的妹妹全家在長春相聚了。由於妹夫的職業，妹妹一家在南美法屬圭亞那旅居 2 年，這個夏天他們將結束圭亞那的生活，去普羅旺斯開始全新生活。他們從圭亞那飛至法國，又從法國飛抵國內。我在 7 月 8 日回到長春，妹妹則隔天在 9 日到達。女兒們捧着花束去迎接心心念念的小姨。3 年未見，腦中幻想的重聚畫面被妹妹捧着鮮花的一句話打回了現實：「哎呀，真有故事，還買了花。來，抱抱。」姐妹相聚，感情如舊。我們從見面開始就翻箱倒櫃，這個是我買給你的，那個是家巍買給姐夫的，這些是三個孩子的……看着她一如既往忙前忙後的身影，不覺想到小時候的我們，在曠野奔跑的畫面，媽媽養的小鴨小鵝，我們趕出去吃野草，兩個人會因為小鴨遭到玩伴們的驚嚇而向對方「開戰」，共禦「外敵」，在鄰居開玩笑逗我們小鵝吃了自家地的秧苗，小我 2 歲的妹妹霸氣護姐，堅定擋在我的面前：「姐，你回家去，我跟她打……」

從小到大，我們相聚短暫別離多。她發給我 1999 年的日記本照片，封面是大頭兒子和小頭爸爸的圖案。歪扭的字體，言語表達不通順的語句，看着看着，小時候的記憶瞬間湧出，我們一前一後拉着手，走在夏天午後的麥田小路間，沒有告訴老爸，偷着從家裏溜走去姥姥家找媽媽；攢着珍貴的零花錢，去買更加珍

貴的汽水喝 —— 綠色瓶的「大白梨」和透明瓶的「小蜜蜂」；放學路上，她一路高歌唱回家；院子裏，永遠聚集着一群小夥伴，跳皮筋，過家家……那時候，我們沒有蘋果手機，卻可以快樂忘情地野到老媽在門口喊我們回家。我們童年裏那些無邪爛漫的時光片段，就像電影默片一樣，一幀一幀，繾綣定格。長鏡頭越拉越遠，已然時隔 25 年。歡迎你的歸來。未來歲月的姐妹時光裏，我們還會有幾個 25 年呢？如果可以，好想回到日記本裏記錄的那天：1999 年，11 月 29 日，星期日，天氣，晴。那天早晨，還很年輕的老爸，肯定在哄我倆起床；身體還很好的老媽在廚房一邊做飯一邊嘮叨我們又懶又賴床；我倆一邊害怕老媽舉着炒勺進屋掀被子，一邊睡眼惺忪，在 1999 年的童年夢裏，不願醒來。

暑假過後，我帶孩子們回港。她們新一輪的期待，就是爸爸何時能不再兩地奔波，來港跟我們共同生活。新學期伊始，我也被孩子們的情緒帶動着，在一天天的流逝中，倒數先生抵港的時間。我們每天的話題，不是內地工作的交接就是他香港新工作的安排。9 月中旬，先生正式抵港，開始屬於他的港漂之旅。我爸媽獲批第二輪探親簽證後，也帶着小 Matthew 來到香港，家的最後一撇，終於落筆。兒子的幼兒園入園面試在我的忐忑和緊張中竟然一切順利，小傢伙也適應得無比順暢。先生也迅速進入工作狀態，同時進行「減肥大計」。

10 月尾的一天，他的老朋友「結石」卻突然來湊熱鬧。當天晚上入睡之前他就有些腹痛，我本想陪他去醫院，他卻偏說自己心裏有譜，第二天一早還正常去上班，結果中午就給我發來了人在伊利沙伯醫院身着病服的照片……香港的公立醫院可謂「一床難求」，很多住院申請都要經歷漫長的等待。結果他才去看診，就被醫生告知不能走，需要住院。我猜測一定是出現嚴重情況了，先生仍然覺得問題不大，不想住院，為此我們起了一番爭執。我打算給他帶些醫生允許吃的食物過去，然後他就又一張照片傳給我：醫院針對他的情況給的配餐。不需陪護，有護士負責飲食起居、更換床品衣物。但我想總不能扔他一個人在醫院，還是要去看一下。結果到了醫院後，發現已經不痛的他，略顯無聊地坐在床邊，左右床和對面都是體弱掛水的無法自主移動的高齡患者，還有的需要食用流食，只有他是拔針後可以自由活動全場最年輕的患者。先生面露難色低聲問我，這下知道我為甚麼住不下去了吧？我強壓嘴角回他，知足吧，這個形勢你還有位能住進來相當於中彩。不過玩笑之後，我們還是很認真地請示護士醫生，想早點出院，雖是免費醫療，但也不想佔用醫療資源，可是護士告知先生情況雖無大礙，但是需要注射抗生素，所以還不能馬上離院，醫生會在情況允許後通知離開。住院輸液 4 天後，醫生又給做了一系列檢查，開了一個星期的藥，叮囑注意事項以及複查時間，才允許他出院。就這樣，體驗了傳說中香港的免費醫療，絕對可以豎一個大大的大拇指。

香港，總以各式姿態呈現在影視中、文字裏和別人的口述中。而我覺得，唯有和它真正相處起來，體會它的每一面向後，才能真正認識這座城市。

15

從 2023 年初的準備直到真正進入香港生活，身邊不乏負向聲音。我的內心始終堅定，如果我和世界和周遭不一樣，那就不一樣吧。就如五月天唱的那樣：「堅持對我來說就是以剛克剛。」宇宙遼闊，光陰亦漫長，內心堅定並不只是嘴上說說。衝破世俗的偏見需要躬身入局，去探索、追求、接納……因為我始終相信，只有自己能對自己的生活負責，所以我也有必要跟隨自己的內心做決定。帶孩子們來港讀書，我就是單純希望熱愛更多自由的他們，可以有更多的時間和海浪相處，和陽光擁抱。阿颯一直渴望去小姨居住的普羅旺斯看看，也不斷鞭策自己通過努力去達成這個願望；阿尚在姐姐的榜樣作用下，雖對學習沒有特別的熱愛，但熱愛運動，細心觀察，依然讓我堅信她同樣可以有自己不一樣的閃爍未來。至於弟弟，小不點健康長大就好，學習等長大些再說嘛。未來世界終是屬於孩子們的，我相信我的孩子們，都可以在光彩奪目的時代裏，找到屬於自己的快樂。

在香港生活的不長不短的時間裏，我覺得自己最大的改變就是學會了用辯證的眼光去看待問題。經常看到有博主吐槽香港歧視內地人一類的話題，也有很多朋友私下問過在香港是否遇到過這個問題。我的個人經歷或許沒有普遍性，也僅供參考。目前遇到的港人都很熱心友善。第一次去灣仔入境處找不到路的我帶着兩個娃正在茫然中，過路大叔一路送我們到入境處門口才離去；教育局的婆婆自己本已步履蹣跚，卻還是惦記我們找不到路，而一直翹首等待，看到我們進門和她揮手告別她才笑笑離去；地鐵上給阿尚遞紙巾的中學生，把丟了幾天的八達通和門卡完好送回來的無名人士，都讓我們感動不已。

我們也遇到過面冷心熱的人。在九龍公園換衣間，我第一次用 5 元硬幣鎖櫃，尷尬的是那個硬幣邊緣有磨損，卡住了無法鎖上櫃子。一個看上去很冷面的中年姐姐給了我一枚硬幣，並且告訴我如何使用，我把我的硬幣還給她，她揮手說不用，怕下次鎖櫃時候她弄混了。我找遍渾身上下，拿出僅有的 4 枚 1 元硬幣給她，我說一定要收下，不然我不能安心游泳了，隨後我倆都笑了。游泳結束後，女兒們游泳教練發的防水袋我不太會用，沒有捲口就直接給孩子們揹上了，一個正在給小朋友穿衣服的媽媽就喔呦了一下，然後打開話匣子動手給我女兒們把泳包弄好。另一次帶孩子們在天水圍公園，我們也是正在看園區的地圖找路，一位正在跑步的先生，就停下來問是否需要幫忙，當然最後的確是在他的幫助下我們找到了正確的路……

香港一直在被詬病，服務態度差、物價高昂、居住空間小，這也是事實。不過世上萬物，都有正反面。內地和香港，也從來不是一邊倒的壞或者一邊倒的好。世間事哪有那麼多的絕對呢？自然有日升日落，人類有生老病死，被一直誇讚天真的兒童會作惡多端，被稱讚的人民教師會虐待學生，被負面評價的花臂男會暖心救人……很多事情都在更新我們的常規認知。

完成這篇文字，我也準備開啟港漂生活的第二年了。美好會繼續升溫，日子會繼續閃亮。願意出發的靈魂總是能遇到更多可能。很多地方，只要出發，堅持下去，就會到達。

如果你喜歡現在的城市和生活，那就保持活力，好好努力，擁抱和珍惜這一切美好；如果你厭倦現在的生活和城市，那就希望你終有一天找到打開枷鎖的鑰匙。世界遠比想像中更大，更精彩，更有趣。勇敢坦蕩，自由純粹的去擁抱你想要的世界吧。

謝謝你，品讀這些文字的每一個你。同祝你我，前路雲蒸霞蔚。

小妞一家追光記

文 / Rachel

▶ 個人小檔案

曾珠（Rachel）全職媽媽，曾從事電子進出口行業。先生 2023 年初因工作赴港。半年後全家隨遷，從深圳赴港。

01

2022 年 10 月的一天，深圳的天氣萬里無雲，我如往常一樣，整理好自己準備出門，按鍵、等待電梯，電梯門打開後，就像每個平淡的日常一樣，我抬頭數着層數一點點落到 1，忽然，手機彈出了先生的微信。那時候的我，也並不會想到，就是那條微信，改變了我們全家的生活走向。

打開微信，先生的頭像旁是這句文字：「有一個工作機會去香港，去還是不去？」如今回想起來，我已經忘了那個時刻我是甚麼表情了，只記得當時內心開始了一大串獨白：去啊，為甚麼不去呢？在這之前我明明就和你提起過要不要考慮去香港，你都沒有回應呢。儘管我們在深圳生活了很多年，但提到香港，都想去體驗一下在那兒生活。出了電梯，由於我也要去上班，內心戲並沒有太多時間進行，於是我很快回覆他：「你想動我肯定是支持你的，只要你覺得是你想做的」。先生就回覆說：「好，那我知道了，那我先回覆我可以考慮。」

先生是從事金融類工作，性格本就不喜多言，加之長期在銀行內工作，讓他表達和思維上總是言簡意賅。我偶爾也會吐槽他可不可以不要那麼惜字如金。那條微信的一來一回，我的劇本台詞那麼多，人家幾個字就退場了。所以我回：「好的，那我們晚上下班回來再談吧。」

深圳的節奏我倒不覺得如眾人所講的那樣飛快和忙碌，一整天的時間充實又有質感地流逝。迎來了我和先生的下班時間，回家後，我們和女兒吃過晚飯，一直都很獨立的小妞回到房間做功課，我和先生接着白天的話題繼續討論。先生就先說起了他的考慮。理工男的大腦可能完全基於各類公式運轉，所以他開口就是經濟開支預算、住房問題、日常開銷加之重頭戲：對於他的年齡來說香港新工作的挑戰。當時當刻的情景，先生就差一個計算機、一個投影屏幕和一篇 PPT 了。

他是一個務實又理智的人，工作時態度非常認真嚴謹。我們從家鄉來到深圳，打拚了十幾年。這是先生在深圳的第二份工作，從基層腳踏實地一步步走到如今的管理崗位，其中的艱辛不易可想而知。想必這次香港的機會非常難得，否則他是不會心動的。

彼時，我們在深圳有自己的房子，又剛換了新車，先生擔心這時候去香港，如果做得不好，再回深圳可能連現在的崗位都會不保。他的話語裏處處流露着對家庭責任的擔當，處處想着對我們娘倆的生活質量負責。從前我會介意從他嘴裏聽不到甜言蜜語，可是那一天，我感受到了最美的情話，他用自己的方式，表達着對我們的愛。

我定了定情緒，逗他：「怎麼，你覺得我這些年的收入水平只夠自己喝杯咖啡？別忘了我也曾是披星戴月的工作狂呀。」聽到這兒，先生笑了，我就繼續鼓勵他說：「大不了把房子賣了，也能撐好幾年呢。而且我始終認為，年齡不會桎梏我們的人生，你想做的，我永遠支持你。」先生看到我堅定的態度，也略顯堅定地說：「那接下來我就和香港公司談談細節吧。」

香港金融行業隨着世界經濟波動，流失了不少專業管理人員，先生在深圳一直從事相關的專業工作，業務水平是相當不錯的。我堅信他去香港會發展得更好。當時疫情還沒有結束，他顧慮赴港後，我們一家三口的團聚會比較困難。我說：「沒關係啊，深圳是我們的大本營，朋友也多，我一個人帶孩子問題不大，你就放心去吧。」先生當時以一句「你都說要賣房子了，這樣的決心也促使我更要冷靜想好後續，免得以後我們睡大街」結束了這個話題。

那次關於未來生活規劃的溝通，我覺得特別成功，沒有爭吵，心平氣和，就事論事。但特別好笑的是，儘管我們已經在客廳壓低了聲音悄悄商量，但還是被古靈精怪的小妞聽到了。她正上三年級，在學校時老師會用校幣獎勵他們，作為學校的「流通貨幣」，校幣可是非常搶手的，所以老師也會經常逗孩子們：「你們的表現如此好，我的校幣都要發光了，很快就破產了。」於是小妞默默地認定，爸爸提到的睡大街，可能和老師說的破產是一個意思。所以再後來某天接她放學的時候，她若有所思地問我：「媽媽，是不是我們家要破產了？我們以後是要睡大街嗎？」聽到這麼問，我忍不住大笑，又問她怎麼想到這個問題的，她說聽到我和爸爸談到賣房睡大街的話題。也因此，我和小妞講：「爸爸很可能要去香港工作了，你覺得怎麼樣？」

出乎我的意料，她仰着小臉說：「好啊！這樣我們也能經常去香港了，一定會很好玩……」好吧，一個不到 9 歲的小娃，要期待她怎樣的回答呢？所以何去何從，還得我和先生抉擇。

02

深圳的秋冬，不似北方的凜冽，卻也是出奇地清冷。時間很快來到了 12 月，先生開始了香港專才的申請之路。香港方面不斷聯繫先生，反覆向他確認赴港事宜，因為過完年就要開始辦簽證了。命運之神也非常垂青我們，元旦前，深港兩地恢復正常往來的消息也讓我興奮不已，於是我們開始更加積極地推進這件事。然而，當時我們並沒有決定全家一起過來生活，所以先生先我們一步赴港。

我們一家的簽證都辦得非常順利，材料都是由公司去遞交香港的入境處，大概一週的時間就批下來了。隨後我們去深圳的出入境管理局更新證件。由於剛剛恢復通關，深港兩地需要更新證件的人數很多，深圳的出入境管理局設立了很多便民措施，比如延長了出入境的辦理證件時間，所以小妞可以在放學後過去做指紋和人像信息採集，如果是證件還在有效期內的未成年人，不需要採集指紋和人像但還有一些資料需要提交的，甚至可以發郵件至專門的郵箱進行辦理。一系列高效的辦證體驗，讓我對赴港這件事又產生了少許動搖，一方面是因為從城市的文明程度上，深圳未必比香港差；另一方面，正是那忙碌的半個小時，讓我忽然清晰地意識到，我們和這座生活了十幾年的城市正在漸行漸遠。

但是事已至此，沒有後退的機會了，好在我和女兒的生活和學習軌跡，暫時不用改變太多，而先生在農曆新年後，便開始了深港兩地通勤的上班生活。我們的生活模式由此還是發生了一些改變。雖然很多人覺得深港很近，過河就是，但實際上往返還是挺花時間的。我們家在深圳福田，離福田高鐵站 10 分鐘車程，先生得卡點趕早上 7 點的早班高鐵，花 15 分鐘從福田到香港西九龍，一地兩檢加步行大概需要 20 分鐘，再步行 15 分鐘到港鐵九龍站乘過海地鐵到香港站，再步行 20 分鐘到達位於中環的辦公室，單程就要一個半小時左右。而上班時還算好，下班的時間就沒法卡很準，那時候高鐵還沒有增開班次，錯過一班要麼得等很久，要麼就得去乘港鐵的東鐵線回深圳，時間和路程都增加了。如果遇到開會加班，再折騰回深圳就更辛苦了。

很多時候，先生回到家時小妞已經睡了，而第二天早上去上班的時候，小妞還沒有起床。那段時間，看着先生奔波深港兩地的辛苦，我也在盤算，這樣的節奏不能長久持續下去。

03

農曆新年過後，深圳天氣逐漸回暖，小妞問我：「媽媽，我們甚麼時候搬去香港呀？」那個當下，我並沒有想好怎麼回答，因為心底尚未具體規劃下一步的生活走向。只能帶着一點歉意和心虛，虛晃一槍道：「我們沒有打算搬去香港呀。」小妞有點委屈地說：「可是爸爸都沒有時間和我玩，我早上起來的時候他就馬上要出門了，晚上我要睡覺了他才回來。」說着就撅着小嘴，低着頭自顧自走路。於是我彌補式地回答：「我們可以週末和爸爸一起去公園，一起去遊樂場，你想去香港玩的話，也可以讓爸爸帶着我們去。」小妞似乎不太滿意我的回答，小嘴嘟囔着：「我還是想多些時間和爸爸在一起。」我問她：「如果去香港生活的話，你就需要轉學，要離開你現在的同學和老師，你捨得嗎？」小妞想了想說：「我還是覺得爸爸更重要一些。」

看着一向古靈精怪的小妞，一副委屈巴巴又落寞失落的樣子，我的心也揪了起來。我當機立斷就和她說：「那這樣吧，媽媽去了解一下香港學校的申請條件，再和爸爸商量商量，帶你去香港上學吧。」小妞聽到我這樣的回答，一下跳起來，舉着小手開心地轉圈。那一刻，歡呼雀躍這個詞真的是具象化了。

於是接下來的日子，我開始投入精力，為小妞的學校篩選做準備。經過一個朋友的介紹，我進入一個港漂媽媽的微信群，了解了一些如何在香港學校插班就讀的基本信息。在和先生商量後，他也特別願意孩子轉到香港上學。這樣他就不用長期每天往返兩地上下班了，身體和工作狀態也能少受通勤之苦的影響。於是我們決定和小妞認真談一次，聽聽她對未來生活方向的意願。

在這次談話中，我們特地列舉了去香港讀書會遇到的困難。第一個是插班考試。每一個遞交了插班申請的學校都會對學生進行考試，那就可能要考好多次。然而小妞不假思索地回答，那就考唄。第二個是廣東話學習。我們雖然在深圳很多年，但始終沒有廣東話的語言環境。女兒回答，那就學唄。第三個是必須離開熟悉的環境，適應新的學校環境。她想了一下說：「是有點捨不得，但我也會有新的朋友呀，我相信我可以的。」接着我們又提出了諸如繁體字學習和書寫、上下學沒有車接送等等困難，小妞都一一表示自己可以克服。

經過這場談話，我們很驚訝女兒的勇敢和堅定，同時也感到未曾有過的欣慰。小妞的飛速成長讓我和先生意識到，原來曾經肉嘟嘟的小肉球，已經對人生有了自己的認知。後來，先生私下和我說，他早就認為到香港上學對孩子來說是很好的機會，香港的多元文化可以開拓孩子的視野。像他的同事就有香港本地的、馬來西亞的、加拿大的，開會的時候就是名副其實國際會議；即便是去餐廳點菜，侍應生都可以普通話廣東話和英文自由切換。他覺得這個環境對孩子有好處。既然孩子現在自己勇敢提出來想去香港，我們做父母的當然要支持她。

見識了小妞的勇敢之後，我們就開始選學校。當時甚麼都不懂，在諮詢時，群友們說正好是插班季，有意向的學校都去試一試，多投幾個學校沒關係。我們就根據網上搜到的信息和群友們的口碑，陸陸續續投了一些學校。儘管多年前因為工作關係也去香港辦過公，現在也經常到香港購物，對沙田、尖沙咀、銅鑼灣等地比較熟悉，但從未深入到香港的生活區和學校，因而對插班的具體政策知之甚少。

所以申請插班的過程也算是摸着石頭過河。由於完全沒經驗，在我們投了材料的六七間學校中，有一間因為我們準備的材料有缺失，最終放棄了申請；其他幾間在 4 月底 5 月初的時候，陸續發來了筆試通知。因此，從 5 月末開始到 6 月末，小妞幾乎每週末都需要到香港考試。在這個過程中，為了兼顧原來學校的學習進度、社團活動以及比賽，我沒有在週內給小妞請過假，插班考幾乎都安排在了週末。儘管有群友告知可以網上找試卷做做，但我還是選擇了讓孩子裸考，不想給小妞太大壓力，她本身學習已經很主動了，我相信憑她已有的實力，能進入理想的學校。

夢想和現實，在 2023 年的香港盛夏，反覆撕扯我偶爾動搖的心。那個時候我們每週末都要到香港考試，每次帶着孩子找去學校的路都要花不少時間，香港的學校光看大門都有年代感，與深圳寬敞嶄新的校舍相比，還是有不小的落差；在外面等孩子考試時，附近可能連個像樣的咖啡館也沒有，心情更是很複雜，不免要拷問自己，為甚麼要再折騰着跳出舒適區呢？我可以預料到，孩子到香港讀書後，我的生活將不會太舒適，可是已經由不得我了，堅定的是先生和孩子，我也只能做好後勤支持工作。

持續一個月的考試季裏，有不少至今想來都很難忘的小插曲。5 月的一個星期五，我帶着小妞風風火火跑去港島的一間學校參加考試，結果忘記帶筆袋了，那一瞬間真的很氣自己。站在外面等小妞的時候，我的眼淚都要掉下來了。在酷熱的香港街頭奔走，在接近下午的時候我熱得快化掉了，幾乎失去所有的能量。好在先生下班後帶我們去吃了大餐，才終於緩過勁來。我們決定晚上住在香港，不再折騰回深圳了，因為第二天還有九龍另外一間學校的插班試要考。

還有一次，一間我們都很心儀的學校安排了小妞週六過去參加插班考試，但週五我接到班主任電話說孩子發燒了，趕去學校接她回家的時候，看見路邊站着的小妞，發着燒的小臉蛋紅通通的，頭髮凌亂，坐在學校路邊的石墩上等着我。她見我的第一句話竟然是：「媽媽，明天能過關去考試嗎？」我又好笑又心疼，但也看得出孩子想去香港上學的決心。我問她為甚麼坐在石墩上，她說門衛叔叔說路邊不能停車，她和門衛溝通了，坐在這裏等媽媽，媽媽接上她馬上就走。那個瞬間，看着小妞稚嫩的臉蛋，我真的想不到甚麼詞語去描述自己的感受。只能伸手抱抱她，把我對她的愛傳遞過去。

第二天早晨，小妞又恢復了往日活力。可是我依然選擇讓她待在家裏，沒有去香港參加筆試。小妞本人特別喜歡那間學校，因為去報名的那天，一進校園，有個小小的花園，還有一隻小鳥嘰嘰喳喳地跳來跳去，當時小妞的感覺很好。我們郵件、電話都聯繫過學校，學校回覆需要等到錄取工作全部結束後才能知道還有沒有空餘學位，但直到暑假開始我們也沒有接到補考通知，猶記得當時小妞像個小大人似的說：「唉，這就是命運的安排。」

插班考試的經歷讓我看到了小妞的決心和意志，我很心疼她，也很支持她。現在想來，這段經歷對她來講，確實也是極大的考驗和鍛煉。那個夏天在為了插班考試奔忙之外，她還獲得了很多優異的成績，學期評優，成績全 A，鋼琴比賽二等獎。我是非常佩服她的，也希望她長大之後依舊記得這番不易的努力。

6月份，我們接到了港島一間還不錯的學校的offer，淡定娃的插班之路就此告一段落，9月份一開學，我們就要舉家在香港生活了。

04

9 月開學在即，我們打算前往香港，首先便是租房。在香港生活多年的好朋友建議地鐵半小時內的範圍都可以考慮，不一定非要住在港島，港島屬於香港的中心區域，寸土寸金，房齡絕大多數都有四五十年，租金也比較高，但我們還是首選在港島租房，一是先生上班的中環在港島，二是孩子收到 offer 的學校也在港島。

得益於做地產的朋友介紹，我認識了中介 Amy 姐，她對工作非常負責。根據我們的實際情況和需求，幫我們鎖定了大致的租房區域，並一口氣推薦了五套房源。但是一圈實地查看下來，大多又舊又小且貴，最便宜的月租也要兩萬，而且還不帶傢具。好不容易有一套相對合適的，和房東又沒有談下來。在幾趟的爬坡下梯後，加上天氣炎熱，我累得不行，那顆堅定要安家在香港的心，又一次開始搖擺。

幾次心理鬥爭之後，我說服自己，實在不行就住遠點，讓孩子乘校車去上學。和中介商量後，我給學校教務處打了電話詢問校車線路和時間，學校老師建議我換個區域租房。因為如果從我現在選定的區域坐校車，7 點不到就要上車。我現在仍然記得老師用耐心關切的聲音說：「小學階段孩子的睡眠還是很重要，讓孩子多睡 20 分鐘都是好的。」我接受了老師的建議，拜託 Amy

姐再找找其他區域的房源，然後就返回深圳了。

因為過去的這個學期小妞太過疲憊，我決定暑假帶她去大西北好好玩玩，租房的事情自然就交給了先生。當然，一般事情委託給先生以後，花費都會往上拔一拔。所以我們還在外面玩的時候，先生就把房子訂好了，他拍了視頻發給我們看，是一個舊房新裝的三居室，採光非常好，空氣也很好。租金超出了我的預算，但先生說房子非常好，他非常喜歡。由於我們還在外面玩，趕不回來，最後就由先生全權決定了。在 Amy 姐的斡旋下，敲定了租金，交房時間定在了 8 月初。房東提出要我和先生一起去簽正式合同，我們也同意了。

當時我是有點忐忑的，因為之前看網上的一些介紹，也聽了朋友的一些說法，大部分香港房東不是特別好打交道，各種挑剔。但幸運的是我們的房東 Debby 姐人非常好，她是香港本地人，戴着一副眼鏡，簡單紮着一個馬尾，說着不太標準的普通話，是一個很乾脆利落的人。一開始我們也並沒有直接稱呼她為 Debby 姐，都是遵循香港的稱呼習慣，稱她為徐太。原以為她會仔細關照我們各種注意事項，哪知她的介紹簡潔乾脆，隨即就交付了鑰匙和密碼，並告訴我們可以隨意更改密碼，還祝我們住得愉快開心。

在敦煌旅行的時候，我特地選了一個冰箱貼打算送給她，收到禮物的 Debby 姐表示了感謝，並說等她先生出差回港後相約喝茶。原以為這是客套話，誰知我們 9 月份正式搬進去後，就收到了 Debby 姐發來的訊息，說她先生回來了，約我們去她家喝茶，並且列出了四個時間段，具體到幾月幾日幾點，最後還說如果以上時間都不合適，還可以改週日到茶樓喝茶。

當時我有點受寵若驚，感動之餘，沒法拒絕這麼細緻、貼心的邀請，就選了個時間去拜訪了他們。Debby 姐家的裝潢是柔和奶茶風，樸素而整潔，讓我們感覺非常舒服。Debby 姐的先生是一位在香港生活工作多年的台灣人，所以交流也毫無障礙。我們天南地北地聊了很久，相談甚歡，也就是這一次拜訪，使我們成了朋友，稱呼也從客套變為了徐大哥和 Debby 姐。

Debby 姐家有一隻非常溫順的金毛狗，年紀已經很大了，我們去之前，她還特地發信息問我們是否怕狗，很巧的是我們都非常喜歡貓貓狗狗，那天合影的時候狗狗也一起加入了進來。在與他們夫妻深入地交談後，我還被他們的育兒觀深深折服。自那之後，我們時不時見面喝茶聊天，與其說我們是租客和房東的關係，倒不如說是忘年交的朋友關係更合適。

寫到這裏，又讓我想起，之前去港島一所學校插班考試，我再次陷到找不到路的怪圈裏，從山上到英皇道，陸續有三波人給我指路，最後一位婆婆直到把我和小妞送到的士上才肯離開。香港人的暖心和熱情，讓我對這座城市不由有了親近感。

我認為我們能在香港安下家來，真的離不開我們這一路上遇到的熱心人：施以援手的陌生路人、專業敬業的 Amy 姐、超級細緻又貼心熱情的房東 Debby 姐。我們再來說說房屋中介 Amy 姐，她是很多年前從福建來到香港的，幹練的短髮，瘦瘦小小的身材卻又充滿能量，在我們看房的過程中我都累得不行了，她還活力滿滿。在我們整個入住過程中，包括搬家、傢具安裝、一些電器的送貨，Amy 姐都在不厭其煩地幫忙。她工作的地舖離我們租的房子不遠，開通煤氣、水電註冊，都是她過來幫我們做登記辦理的，我對她的無私幫助一直非常感恩。

05

9月的香港依然炎熱，小妞上學、先生上班，我則到處閒逛，熟悉附近的各種生活設施。比如圖書館、診所、餐廳、菜場、超市，在網上下載叮叮車或者巴士路線，再按圖索驥找過去。

生活就這樣細碎又幸福地推進着，節奏也並沒有之前想的那麼忙亂，反而多了在深圳時不曾有的愜意。我加入了一個朋友建的群，大家在群裏交流着生活心得。在群友們的介紹下，我找到了港島本地很有名的春秧街，生活氣息濃郁，蔬菜水果都比較便宜。同樣花500港幣，在家附近的超市只夠買三天的菜，在春秧街就可以買一週的量。當然還有錢大媽，價格又介於超市和春秧街之間。而有的菜，早上和晚上去買，菜價又不一樣……這些點點滴滴的細節，慢慢填充溫暖着我初來乍到的生活。

印象最深的是第一次去春秧街時，每個菜檔幾乎都能聽到檔主英文，普通話，廣東話，甚至是潮汕話自由切換着交流。碰到說英文的菲傭姐姐，檔主在收錢的時候會順手寫一張收據，因為她們回去跟雇主報銷需要有收據的。我為了練習廣東話，儘量避免說普通話，但是一些數字又聽不太懂，所以到了不同的菜檔前，每次都掏出100塊讓檔主找錢，免得沒聽懂檔主說的價格給錯錢而尷尬。那會兒只要去春秧街買菜，我都會帶很多零錢回來，包裏的硬幣一大堆，叮噹作響，現在想起來都很想笑。當然也是那會兒買菜經歷的積累，我已經能比較嫻熟地用廣東話說數字了，回家後向小妞炫耀，還被她嘲笑過。

提到小妞嘲笑我的廣東話，我也要吐槽一下她的繁體字。其實我一開始更擔心她的英文，因為香港的英文程度比內地要深很多，孩子就讀的學校英文教學又教快一個年級。但老師發郵件告訴我，孩子的英文聽說能力非常不錯，反而是繁體字的書寫上問題比較大，一開始作業本上滿篇的紅叉叉(簡體字在香港小學階段屬於錯別字)，簡直看不下去，結果小妞心態超級好，還跟我說：「媽媽，那你是沒看到我的作文呢，一片紅，真叫一個慘不忍睹。」

好在她適應得很快，過了差不多兩個月，每次作業錯誤就減少到了一兩處。我發覺，只要是她願意做的事情，付出了努力之後都會有成效，作為家長，我們不需要給她太大壓力，全力托舉就好。

我覺得她能在學校適應得這麼好，甚至在後來的學習中獲得老師很多的肯定，與她自主的學習意願有很大關係。所以我在和朋友交流時，都會特別提醒他們，要不要來香港，還是要徵求孩子的意見。自我驅動才是最有效的學習動力，是外在條件替代不了的。

有人說你們在深圳這麼方便，可以雙城生活。一開始我嘗試過每週回深圳，但是漸漸地就變成了大部分時間在港。每次往返深港，單程差不多要兩個小時，挺累的，也沒有特別放鬆，這點時間不如給孩子在香港參加合適的鋼琴班和畫畫班。每個週末，我特意留一天完全放空，不太熱的時候去各個小島徒步、騎車、海釣；熱的時候就去博物館、圖書館、電影院。

總之，我們儘可能讓在香港的生活豐富起來，至於以後會不會申請永居，小朋友今後會在哪裏上大學或工作生活，只是我們偶爾聊天的話題，並不是我們主要考慮的問題。孩子還小，未來那麼多不確定因素，過好當下才是根本。

轉眼我們在香港生活快兩年了，孩子適應得不錯，先生的工作也步入正軌，我也遇到了很多志同道合的朋友，也正嘗試着重新開始工作。我曾經也有引以為傲的事業，但當下，只想和先生女兒一起，好好感受這個新的「家鄉」。對於未來我還沒有明確的規劃，只知道當下的我需要安定的內心，來扎根在這裏。我出生在貴州，大山裏的生活，給了我從腳底長出的力量感，同時也給了我去追尋外面世界的勇氣。

記得很多年前和小妞差不多大的時候，舅舅們從海外輾轉幾個城市到貴陽和我們大家團聚，大舅舅和我們小輩們說過的話我仍記得很清楚，他說你們以後儘量要走出去，尤其是去靠海的城市看看，外面的世界很廣闊。也許是大舅舅的話給我們種下了小火苗，我的哥哥姐姐們都因為讀書工作離開了家鄉，我也輾轉來到深圳，又搬遷到香港，有些東西似乎冥冥之中就注定了。我對小妞說，媽媽生在大山裏，你生在深圳，我們的組合也算是跨過山、看過海了。小妞不停點頭是呀是呀地附和。

一路走來，我認識到，生活需要挑戰，這樣才符合萬物生長和自然運轉的規律。那些出乎意料的變化幫助我們探索自己的邊界，不逼自己一把，你甚至不知道自己的能量究竟有多巨大。只是成功也好，失敗也罷，請始終對自己保持耐心和信任。那束光，才會照進你我的生活。

（婁雲對本篇文章做了加工修改）

按下人生重啟鍵

文 / 鄭雅雯

▶　個人小檔案

鄭雅雯，香港珠海學院國學碩士。大學畢業在上市台資企業工作 1 年。隨後接手管理家族企業 13 年。2023 年脫產到香港攻讀國學碩士學位，畢業後整合了過去個人育兒、婚姻、事業以及個人成長經歷，開始專注女性成長事業。

飄到香江的雲——港漂媽媽9故事

01

誰都沒想到我會成為今天這樣，顛覆了過去 35 年在所有人心中留下的印象，過上了遵從本心的生活。如果要追溯緣由，那一定是我在香港度過的這「如夢如幻」的一年，把我人生過去的 35 年做了一個復盤和總結。在香港經歷的每一天、遇到的每一個人，都創造了對我來說全新的「相」。獨自一人到一個陌生的地方求學的經歷，讓我有機會拋開舊生活中作為企業管理層，作為母親、妻子等身份，全然內觀和重塑自己，為下半生重新出發儲蓄能量，所以香港對我來說不只是一個「曾經居住過一陣子」的地方，更是一個重塑靈魂的地方。

故事要從 2022 年 9 月的某天說起，孩子入睡以後，疲憊的我像大多數媽媽那樣，準備利用好不容易獲得的一些喘息的時間刷刷短視頻，放縱自己在那個虛幻的世界裏暢遊，這時候「香港身份」「香港 DSE 考試」「規劃孩子高考賽道」這些關鍵字進入我的視線，在直播間裏停留了 5 分鐘，我彷彿進入了一個全新的世界。

我本人接受的是九年制義務教育，經歷了當時還不像如今這般腥風血雨的分流制中高考，在有着「捲王」之稱的浙江，也是費了九牛二虎之力才進入了杭州的一所三本院校，拿了本科文憑，所以一旦聽說有辦法可以讓孩子避開「千軍萬馬過獨木橋」

的高考篩選，進入世界級排名的香港大學，我立刻動了心，當晚就聯繫了客服深入了解具體政策，並花了兩天時間多方打探。雖然身邊的人對申請香港身份以及升學規劃大多不太了解，但跟老公商量後，我們深感這的確是另闢蹊徑，所以一拍即合做出了看似瘋狂的決定：派我去香港讀一年碩士，通過進修移民為孩子獲得香港身份，為之後的高考開闢一條競爭對手更少的「捷徑」。

之後的日子，我一邊交接公司各項工作，一邊推進申請。由於公司是家族企業，我的直屬上司就是我的母親，離職反而不是那麼容易的。起初擔心母親不理解我的「瘋狂」，所以我瞞着她慢慢花了一年時間物色並培訓新人，逐步交接工作，從最初的一週進公司五趟，慢慢減少到三趟，最後一個月去五趟、三趟，直到公司離開我也能正常運作，並且每個人都能做好自己崗位的事，我實現了「脫手」，才順利完成了工作交接。

與此同時我為自己爭取了更多時間去做學校申請的準備工作，包括粵語的學習和英語的鞏固。距離大學畢業已經有十三年的時間，重新沉下心去學習對我來說並不是那麼容易的，身為母親的我依然需要照顧孩子，所以一般都是等早上送孩子去學校和晚上孩子睡了以後，我才有整塊的時間來規劃自己的學習。

2022 年底，在遞交完申請材料後我感染了新冠病毒，在養病的過程中，我感覺經歷了最漫長無盡的等待，以及各種自我懷疑，好在半個月後，我收到了香港珠海學院的錄取通知書。沒錯，如果沒有前綴「香港」兩個字，很多人會以為學校並不在香港而是在珠海，在申請香港研究生之前，我是從來沒聽過這所學校的。

但是基於自己本科期間也並沒有特別優秀的學術造詣，所以有學校能給我伸來橄欖枝，我已經覺得特別幸運了，也就沒有太糾結在學校排名上，而此時的我還不知道，就是這所「珠海學院」，在接下來的一年時間裏改變了我的整個人生觀、價值觀。

拿到學校 offer 的第一時間我就着手在各個社交平台找「同行人」。自小就被父母送去私立學校讀書，早就習慣了離開家的生活，但我依然需要一個有同類的社交圈，在遇到困難的時候有可以尋求幫助的地方。我在一個新媒體社交平台找到了一個由珠海學院的同學成立的互助群，接下來陸陸續續進來了更多同學，我也算是找到了一些歸屬感，茫然無措的內心慢慢平靜了下來。

很快我就在群裏上一屆同學的介紹下認識了香港本地的房屋中介，雖然 9 月才開學，但我火急火燎的性格催促着自己立馬去尋找房源以防最後被落單。幸運的是就在我諮詢的當天，中介就推了一套 70 平方的三房套房給我，距離學校步行 5 分鐘的距離。70 平方的房子如果是放在一年前，我是無法想象怎麼在其中生活的，但是因為 2022 年兒子從幼兒園升入小學，為了遷就孩子上學方便，我們舉家搬去了市區僅有 70 平方的兩房，住了一年，體會到了通勤的便利性後，我徹底放棄了住大房子的執念。

所以在中介推給我這套 70 平方，在平均居住面積只有 25 平方的香港也稱得上豪宅的海景套房時，我欣然接受，為了分攤高額的房租，我又開始在學校大群裏尋找可以合租的同學，老天似乎是非常眷顧我，幾乎在一個星期內我就敲定了另外兩個有合租意向的室友。

2022 年的 6 月，我剛好結束了在深圳的出差行程，決定順路去香港跟中介和房東敲定租房事宜，在整個看房的過程中，中介不冷不熱的中立態度和事無鉅細的合同條款，都讓我感受到了香港這邊做人做事跟內地風氣的不同。

看似「冷冰冰」的條款，實際上也是把「醜話說在前頭」，避免事後相互扯皮，既是對房東也是對租客的保護，甚至還有一份專門擬定的合同，大致意思是看房人承諾在此房屋中介處看過的房子，至少 3 個月內不得在其他房屋中介處簽約，看似是不太「近人情」，但確實也是在很大程度上保障了每一位付出的勞動者的勞動成果和精力，這是我第一次感受到在香港辦事「白紙黑字」的正式，哪怕只是一個小小的租房合同，來回簽字都簽了十幾個，來香港前就聽說香港這邊是法制意識非常強的，通過這次簡單的租房合同也讓我有了深刻感受。

02

很快就迎來了開學，很慶幸如今大灣區物流發展得非常便利，不需要再像很多年前那樣「人肉」攜帶大包小包的家當過關。我提前把要用的大件物品都發到了住處，雖然只有不到 10 平方的面積，但我這間帶獨立衛浴的房間在這套房裏已經屬於「豪華」配置了。港人的房子特別注重實用性，除了床和飄窗，其他空間都被合理地設計成了儲物空間，甚至床板底下都能容納我的 29 吋行李箱，所以即便面積不大，依然不影響它的實用性。在內地學區房蝸居了一段時間的我，對此時狹窄的居住空間也立馬就適應了，我對「房子」的要求直接回歸到了「有瓦遮頭」，甚至覺得所有物品唾手可得也意味着日常的清潔打掃任務幾乎為零，大大減輕了在家務上的精力消耗，何樂而不為。

「住」的問題解決了，接下來就是解決「食」的問題。香港的社區有很好的配套，我的小區出來就有配套的餐飲和超市，基本上能滿足日常生活。雖然是川妹子，但是因為從小在江浙長大，所以口味上也並不會因為沒有辛辣刺激的食物而覺得「無法下嚥」，我反而習慣了香港獨特的早茶文化。香港的稍大的茶餐廳會有「茶位費」，默認每位食客都是會點茶的，以前沒有喝茶習慣的我，在香港受了一年熏陶，已經習慣了吃飯時用普洱替代各種冷飲，雙休日的上午我會犒勞自己，點一壺茶再點兩個茶點，慢慢打發一個小時的時光。

為甚麼會用「犒勞」來形容呢？雖然現在兩地經濟和消費水平已經基本上接軌了，但是在餐飲這塊的消費依然會讓初到香港生活的內地同學不免有些「肉痛」，比如一份普通的叉燒四寶飯價格就要 70 港幣左右。也許就是居高不下的人工和房租拉高了各項成本吧。所以這幾年隨着大灣區概念的提出，很多港人更願意在雙休日拖着大箱子「北上」深圳大肆採購，這股反向代購的風潮也更說明了兩地日益緊密交融的關係。

為了控制在香港的日常生活成本，我不得不踏足香港的「街市」，也就是菜場。室友是重慶的妹子，這對廚房事宜一竅不通的我來說，實在是最好的安排了。我們一拍即合組成了吃飯拍檔，她做飯我洗碗，到港的第一週的雙休日，我們就決定結伴去感受香港的菜場文化，似乎這裏才藏着真實的本地煙火氣。

香港的菜市品種繁多，由於地處亞熱帶，與江浙地區相比會有更多品種的水果，井井有條分門別類地擺放。很重要的一點是，比起內地發達的支付系統，港人還是保持了現金交易的傳統，雖然有些不方便，但打心底裏我覺得這才是與我想象中菜市的煙火氣契合的支付方式，有來有往中拉近人和人的距離。

香港菜市中，上了歲數的賣菜阿媽是聽不懂也不會說普通話的，幸好在來港前我報名參加了在線的粵語課程，基本的日常溝通還是能應付的，語言上的初步融入似乎是我在香港這片陌生的水域裏抓到的第一條救命稻草，當然，「跨過語言障礙」這個執念也在之後的生活中被「破除」了。

第一次從街市回到住處，我跟室友選擇了乘坐距離街市最近的「小巴」。小巴與港鐵系統不同，它路線更靈活，也不會每站都停，除非乘客「自主聲控」。由於臉皮比較薄，又怕自己粵語不標準，所以我跟室友都默不作聲，希望小巴到我們這站能自己停，沒想到最後還是因為沒注意小巴開頭的字母搞錯了路線坐去了不同的地方。自此以後我們都儘量避開這種太過於本地化的需要自主聲控的小巴，而是改坐比較大眾的港鐵巴士。

說到出行的問題，必然繞不開香港發達的「海陸空」交通系統。由於學校坐落在屯門區，距離市區比較遠，為了控制生活成本，我平時去市區乘坐最多的交通工具就是雙層巴士，而不是的士。這裏的的士計費被我和室友戲稱是：跳錶計價的節奏都趕上心跳的節奏了！

來香港搭過巴士的朋友應該知道，香港巴士站的特色就是滿地的數字，這代表了不同的巴士線路，而乘客們都非常自覺地找到自己的線路對號排隊，即便一個巴士月台有十幾條不同的線路，香港人也會井然有序地排隊，這讓平時性格火急火燎的我，慢慢改掉了等車時習慣性焦慮地往上擠怕自己坐不到位置的習慣，大家都不擠，相互之間保持禮貌的距離。坐在巴士的上層，花兩塊錢和一個鐘的時間，從堅尼地城沿着電車軌道晃晃悠悠到跑馬地站，在一個小時裏最快速地感受香港的市井的煙火氣和繁華高樓的反差感覺，也是最輕鬆的城市遊覽的方式了。除了雙層巴士，我也感受過市區裏主要做觀光用途的「叮叮車」，也就是電車。電車在香港也有非常悠久的歷史了，它不只是交通工具，更承載着這個城市的文化和歷史。

香港四面環海，渡輪自然是必不可少的交通工具。上一秒你還身處最繁華的中環，下一秒就可以跳上中環碼頭的 5 號渡輪，半小時內就可以到達任何一座休閒的離島，感受大自然的擁抱，這也是我喜歡香港的地方，在高密度的城市文明之外，依然給自然留足了空間，讓港人快節奏的生活中有了一劑舒緩閒適的調味。

安頓好在香港的日常生活以後，休息了幾天，我要去學校報到了。我租的房子距離學校步行只需七八分鐘，時間寬裕的時候，我會特意選擇稍遠一點、但有美麗海岸線的路線走去學校。第一次沿着海走去學校的場景深深印刻在我的腦海。我記得那天的天特別藍，海水很平靜，轉了一個彎，一大片碧海藍天就在眼前鋪展開來，我深吸一口混雜着海水鹹味的空氣，感覺眼淚就要奪眶而出，那時我心裏充滿的是無限的感恩，也許是對命運的感謝，讓我在那個疲憊的夜晚刷到了那條關於香港的短視頻；也許是對家人的感謝，沒有他們的支持特別是丈夫將照顧孩子的重任一肩挑的擔當，我也不可能看到眼前這番美景；更多也是對自己的感謝，謝謝自己能當機立斷不留後路的決定。之後一年裏在我身上發生的變化，更佐證了我所做的這個決定是明智的。

我們學校全名是「香港珠海學院」，這裏的「珠海」常讓人誤會是內地的珠海市，其實寓意的是學生能如同「珠」般晶瑩璀璨，如「海」般浩蘊深藏。學校是 1947 年在廣州建校的，之後才搬遷到香港。教學樓是一棟非常具有東方美的建築，兼具了美觀和實用，是由香港地標性建築「香港故宮博物館」的設計師嚴迅奇設計的，所以乍一看，兩者確實有異曲同工之妙。

既然已經說到學校的話題，我不得不在這裏說一說關於我專業的選擇。提交申請的時候，我選了兩個專業，一個是我本科的專業「工商管理」，另一個是「國學」。當時的我還不知道國學具體是學甚麼的，只是在招生網站上看到了下分「文學」「史學」「哲學」幾個科目，我是被哲學這個部分吸引到的。因為之前粗略看過一些心理學和社會學偏哲思方向的書，很感興趣，也就抱着試試看的心態報了名，作為備選的方案。

沒想到畢業後持續工作了 12 年且本科也是工商管理背景的我，沒有如預期那樣等到 MBA 專業的錄取通知，反而先等到了國學專業的面試通知。由於平時確實有閱讀習慣，也願意做哲學方向的思考，面試過程還是比較遊刃有餘的。面試結束以後我就在內心下了決定，既然命運是這樣安排，那我就順勢而為，高中時期是理科班的一點沒有文科背景的我就這樣誤打誤撞進了國學文學學院，並且之後的專業課程學習，徹底改變了我的人生觀。

03

由於國學專業第一學期是需要學文學通識內容的，所以第一堂課我們接觸的是教「中西方歷史」的馬教授。馬教授是位接近八十的老教授，但是他身上散發出的卻是一股青年的朝氣和活力。每次上課他都雷打不動地提早半小時到教室做課前準備，他最特別的是每次上課都不重樣的時尚打扮，貝雷帽、印滿大花的彩色襯衫、格子背帶褲，每次都讓同學們眼前一亮，熟悉以後我們才知道他以前是出版社總編，對時尚一直有很獨特的認知。

馬教授的課特別吸引人之處，除了他精心準備的條理清晰的課件，更重要是他豐富的人生經歷。出生富裕家庭的他，算是那個時代的「公子哥」了，但就是這樣一個含着金湯匙出生的貴公子，卻不願按部就班接受家裏的安排，非要按自己的意願去當教授、去闖蕩自己的天地。所以年輕時的他只要有機會就周遊列國，哪怕只能窮遊，也無法阻止他去探索這個世界。課堂上無論講到哪個國家，他都有遊歷的故事可講，我們跟着他的回憶遨遊異域時空。有時他還會帶來埃及特有的紙張做的畫，帶來他自己在家畫的「黛玉葬花圖」和形形色色的「鍾馗像」，甚至還有自學的雕刻作品。

總之在我們眼裏，就沒有他沒見過沒聽過的事，學期結束後我們還有幸參觀了教授藏滿了寶藏的書房，在那裏我看到的不只是他各式各樣精美的書畫作品，也彷彿看到了他五彩斑斕充滿趣味的人生。那時候我就希望自己也能成為那樣的人，世界那麼大，有趣的事情那麼多，人的一生就是在擴展自己的認知圈，看得越多懂得越多靈魂也就能沉澱出越厚重的質感，也就沒有甚麼是不能接納和包容的了。

作為哲學分支的學生，我們的哲學專業課是在下半學期由吳教授帶領的。哲學在大多數人眼裏是神秘又高冷的專業，所以整個文學學院只有三十幾個同學敢於挑戰。吳教授也是年近古稀的老教授。後來我們才知道吳教授是五十多年前從內地來到香港，師從唐君毅、錢穆等民國時期著名的國學大家，是新儒家學派的傳承人，是香港新亞研究院的教授。

在課堂上教授除了對基礎入門的唯心唯物的概念的解釋，給我印象最深的一句話是關於「道德」的解釋。教授說，真正的道德不是外界給我們制定的任何規則，而是源於我們內心的震動，不經過頭腦算計的第一反應而去做的行為，真正的人性是遵從本心去做該做的事。

教授從西方的哲學思想講回東方，課程結束時我清楚地意識到，最高級的哲學其實發源於戰國百家爭鳴的時期，更讓我對國學這門學科肅然起敬。我決定將從課堂上學習到的「聽從本心」四個字，作為自己下半生的處事指導。人生就是體驗，所謂的「成功」只是俗世判定一個人價值的標準，人只有尊重社會生活的規則但又不被規則所累，才能獲得真正意義上的自由。上了吳教授的哲學課以後我確實開始認真思考「門衛哲學三問」：我是誰？我從哪裏來？要到哪裏去？人只有知道自己要甚麼，才能始終如一地追尋自己心中的目標。

學院主任董教授開設的填詞課，讓我對香港不同於內地的課堂文化有了一定的了解和體驗。第一次上董教授的課，就被他用粵語吟唱一曲《水調歌頭》震撼到。搭配了曲調的古詞，把我帶到了蘇軾作品營造的浪漫灑脫的意境中，我第一次感受到了文學的魅力。在之後的課堂學習中，董教授帶領我們逐字逐句去理解詞人在寫詞時候的心理狀態，並且給我們佈置了小組作業，要求每組同學在了解詞人的生平經歷之外，結合作者具體創作這首作品候的背景去體會他想要抒發的感情。不同於我兒時學習古文只有死記硬背和白話文翻譯，而是結合作品背後的大量信息，與千百年前的靈魂產生情感的共振，這才是古詩詞真正的價值。不拘泥於字面意思，而是抓住情感主旨，這是董教授教給我的欣賞文學作品的重要方法。

雖然董教授在課堂上鼓勵同學們天馬行空地發表自己的感受，甚至鼓勵不同的觀點相互激烈辯論，但他作為我的畢業論文導師時，我卻感受到了他的「另一副面孔」。香港學術界有着嚴謹的治學態度，董教授對我的論文進行了四次指導，從遣詞造句到空格標點，都一絲不苟地提出了修改要求。

最初得知自己被分到董教授組別時，我是覺得有些「麻煩」的，因為大家都知道他是學院主任，又是出了名的「細節控」，被劃分進他的組意味着畢業論文不能有半分糊弄過關的心思。也正如我所想的那樣，董教授用他自己撰寫博士論文的經驗和要求在指導我們的碩士論文。雖然修改過程的繁複折磨了大家很久，但是最後在教授「摳細節」下過關了的沉甸甸畢業論文被打印裝訂出來的時候，讓我體會到了特別的成就感以及教授的良苦用心，他是用實踐在告訴我們，學者的專業素養是通過長期的細節打磨出來的。

雖然我的碩士專業主修的是國學，課程內容都是中文授課，照道理是不需要用到英文的，但是我看到學校開設了課後英文輔導班，就積極報了名，我想體會一下香港和內地在教授英語方面的不同之處。香港人的英語水準普遍很高，所以我對香港的英文教學抱着很高的期待，以為老師有甚麼特別的教學方法。出乎我的意料，前三節課老師都在講最基礎的音標，原來內地學生普遍聽說方面比較薄弱，是在最基礎的發音上就有了偏差，所以老師重點要幫大家調整發音的問題。

在為期十二個課時的英文課上，我收穫最大的不是語言能力的提升，而是克服開口說英文的恐懼心理的方法。最後一堂課，每個人要上台脫稿演講，老師讓我們不要死記硬背內容，也不需要用高難度的詞彙，儘量以眼神和姿態保持與台下觀眾的互動。輪到我時，我依然沒有足夠的信心，還是帶着稿子上台的，但是當我觀察到自己的恐懼，並決定用英文把自己的緊張表達出來以後，我跟台下的觀眾產生了互動和聯接，緊張的情緒立馬得到了緩解，之後我也沒有再想着去讀稿子或者一字不漏地去背誦，而是用自己熟悉的詞彙去鬆弛地表達，第一次真正地把語言當作了交流的工具。

香港的英語教學，讓接受了十幾年應試型的英語教育的我，終於懂得了如何「學以致用」，將紙上和腦中的英文輕鬆表達出來。這也許就是儘量多地去感受不同教育體制帶來的教育的魅力。我有一個習慣，就是到了新的地方就暫時放下之前的固有認知，抱着空杯的心態把自己變成一塊「超級海綿」，充分感受新文化帶給我的新認知，再試着自己去慢慢消化吸收其中適合自己的精華部分，再與自己已經懂得的東西有機結合，讓學習變成有意義的事，能推動我們終生成長而持續去做的事。

既然聊到「終身學習」了，我不得不說一下在整個碩士學習期間，我最大的改變是對「學習」這件事的認知。不知是工作了十多年從社會重返校園的緣故，還是國學這個專業真的讓我感興趣，每一堂課我都特別珍惜，人文歷史哲學這些關於人類發展進程中創造的精神文明的魅力，在不同的課堂之間相互穿插交織着，讓我忙得不亦樂乎。

我試着記錄下教師在課堂上提到的我感興趣的那些知識點，下課後去圖書館按圖索驥查閱資料和文獻，並由一個知識點生發出拓展出更多想要了解的內容，也就是在這個過程中，大大彌補了我這個高中時期的理科生的文化空白，我甚至都有些後悔自己在文理分科時選擇了理科，因為受當時主流社會價值觀的影響——學好數理化，走遍天下都不怕，而不是聽從內心聲音去選擇真正適合並且喜歡的專業。好在碩士期間我給了自己一個交代，做了全面的補習，所有的知識點從這一刻開始都不只是書本上乏味的年份和考試重點，而是一個個鮮活的故事下的鮮活生命，以及他們承載着的能給後人帶來的永不過時的生命智慧。

對學習其實是可以很快樂的這件事的認知，讓我在之後培養孩子的過程中開始秉持新的教育理念，就是學會尊重和幫助挖掘孩子自己的潛能和興趣點，引導他在自己喜歡的事情上深度鑽研，這才是我們作為家長的首要輔佐職責。「興趣是最好的老師」，這句話也只有我在自己的「再教育」這件事上深刻體會和應用後，才真正明白了它的含義和重要性，這樣的「學以致用」，我想，就是我眼中香港教育的魅力。

04

在香港求學期間，除了學習，還要融入本地生活。很幸運的是，我們的校舍坐落在遠離市中心的屯門，學校背山面海，位置獨特，下課後沿着海岸漫步，可以欣賞日落的整個過程，再慢慢踩着細軟的沙子吹着海風走回家。

我大學一畢業就馬不停蹄投入了婚姻生活，很少有完全屬於自己的時光。我非常珍惜這樣的日子，沒課的早上，我養成了睜眼就起床的習慣，為了逼着自己快速出門，我甚至會不刷牙不洗臉，套上運動服就直接下樓，走去海邊的小徑被兩邊高大茂密的綠色植被包圍着，斑駁的陽光灑在水泥地上，地上巧妙地印着附近各種植被的樹葉形狀，自然和人文結合的設計給人一種並非刻意造作的自然美。

不知是否因為我從小就喜歡大海，平時沒有持續運動習慣的我，沿着海濱的步道也能不費力地跑 5–7 公里。每次覺得累了，我就看看沿途的風景，躍入眼簾的除了無邊的碧海藍天，還有遠處躍出海面的魚群和圍着防鯊網排排站等着捕食的白鷺，各種不知名的鳥都會在晨間飛來沙灘上尋找遊客留下的吃食碎屑，看起來牠們也都不怕人，甚至會跳到人的腳邊，我特別喜歡這種人和動物和睦相處的狀態。

就是這樣一派祥和的人與自然的海邊，每天六七點就有晨練的民眾，有人跑步、游泳，也有人划獨木舟；港人對各種形式的運動可以說是迷戀甚至是刻入骨髓地「信仰」，也難怪很多四五十歲的中年人，雖然樣貌確實是這個年齡段的，但整個體態和精神面貌看起來更年輕一些，我想這也是港人保持健康長壽的秘訣之一。

說到全民運動，這裏不得不提到在港期間，我也感受了一群人一起運動的魅力。我人生第一次馬拉松就獻給了有「亞洲第一魔鬼賽道」之稱的香港賽道。它以九龍尖沙咀彌敦道作為起點，香港銅鑼灣維多利亞公園作為終點，由於我抽籤抽中的是第一組，早上 6 點就要開跑，作為參賽選手我凌晨 4 點就得出發去起點處簽到準備，由於前一夜借住在朋友在北角的房子，我下樓穿過兩個街區就與陸續集合的其他參賽隊員匯合，賽事的各項安排讓參賽的我感受到了一絲不苟的規矩中也包含了人性的溫暖，補給台雖然沒有豪華的吃食，但是工作人員熱情的加油吶喊已經足夠作為我的精神補給了。

最後幾公里在立交橋賽段迎面過來的是下一組參賽的選手，作為「過來人」的我們給賽程剛開始的他們吶喊鼓勁，也是這種群體運動，讓我第一次感覺到素不相識的陌生人原來可以給我這樣的能量，也許這就是運動的魅力。從起步到結束短短 10 公里的賽程，說得誇張點，我彷彿經歷了迷你版的人生，為甚麼這麼說呢，從起步時的緊張擔心，怕自己沒辦法堅持完賽，擔心自己成績不佳，在跨出第一步我就發現所有的情緒都煙消雲散，與而代之的是規律的呼吸和慢慢加速的心跳。

當我發現自己跑步的節奏跟不上周圍其他參賽選手時，我並沒有強迫自己繼續跟跑，而是根據自己的心率情況放慢速度甚至開始步行，直到心率正常後再慢慢加速，天空也在我跑一段走一段的過程中迎來了粉色的日出，我的比賽這個時候也接近了尾聲，我反而開始捨不得那麼快就結束比賽，拿出手機記錄天空顏色的變化，觀察周圍參賽選手的狀態，我發現自己的注意力更多地放在了比賽的過程而不是結果。

這就讓我聯想到了人生，雖然看似參加的是同一場比賽，但是每個人的身體素質不同，所以參賽的狀態也各不相同，但是無論用時多久，是用走的還是用跑的，最終也都能抵達終點，在我看來沿路的風景，路人的加油吶喊，以及觀察和調整自己的心理狀態，才是整場比賽或者說人生帶給我們的意義。

我最喜歡香港的地方，是她四面環海又交通便利，半小時就能抵達任意一個離島，讓都市人能迅速在大自然中釋放快節奏工作帶來的壓力。週末我和同學們會安排時間去離島徒步。每個島都有自己的特色。比如長洲島，就彷彿是個與世隔絕自己給足的小鎮，沒有過度商業化，保持了淳樸漁村的風貌，停靠在碼頭五顏六色的漁船，彷彿是天然的風景。島上沒有汽車，主要的交通工具是自行車，沿着主商業街一路過去，隨處可見海鮮大排檔，島上的村民還保留了舊時巨幅牌匾張貼喜訊的習慣，鮮有現代化的街道卻帶給我們人間煙火的真實感，島上緩慢的節奏跟香港的快節奏形成了強烈的反差。

南丫島是外國遊客更偏愛的島嶼，所以街邊隨處可見不同國家風味的餐廳和咖啡館，在這個島上彷彿體驗到了在中國之外的異域文化氛圍。

05

我上一次來香港已經是 20 多年前了，那時我還是十五六歲的初中生。那一年春節父母決定帶我們兄妹三人去香港過年，當時香港的一切對於青春期的我來說都是新奇的，從維港繁華的夜景到叮叮作響的紅綠燈，印象中的港人都是不苟言笑行色匆匆的。

時隔 20 年，經歷了大學時光到成家立業，我對事物的看法也愈發成熟了，所以再次踏上這片土地時，我決定放下青春期與香港初次相遇時內心留下的既有印象，把它當做全新的陌生環境，認真地融入，沉浸式地感受香港的魅力。

曾經，擔心語言隔閡，我還特地事先在網上報了課程，學了一下基本的粵語日常會話，到了香港後我試過幾次在便利店和茶餐廳用粵語跟服務員交流，也許是發音有些奇怪，對方聽出我不正宗的粵語後也會試着用蹩腳的普通話跟我交流。

但是，在長達一年的時間裏，我感受到的都是香港人的友好和包容。香港雖然已經回歸祖國 20 多年了，但基於特殊的歷史原因，港人還是保留了很多獨有的生活習慣。比如在地鐵等公共場所不高聲喧嘩、飲食清淡等在香港是習以為常的。遇到這種文化差異的話題時我都會闡述一下自己的觀點，無論是內地遊客去香港還是現在流行的港人雙休日北上深圳享受物美價廉的服務和消費，除了主人家應有的待客之道外，客人也是需要懂得遵循

「客隨主便」這個道理的。

我常感受到的是來自陌生港人的熱情。小到上下電梯陌生人打照面時候的點頭微笑，或者是我初到香港時由於還不是太熟悉香港巴士月台大大小小的月台信息，也有港人主動上前詢問並給予幫助。

我記得有一次情急之下我準備橫穿馬路，被高速行駛的巴士驚嚇後，也有熱情的民眾告訴我這樣穿過去太危險了，後來我才知道香港馬路都提前規劃了地下通道和天橋過道，做到了便民的人車分離。學校食堂的阿姨和宿舍的樓管阿姨是我日常接觸最多的港人了，接觸幾次熟悉了之後，她們知道我在學習粵語，都會特意用粵語跟我聊天，甚至帶着「測試」和「教學」的意味，尤其是食堂阿姨性格開朗也愛開玩笑，總是在輪到我打飯的時候「逼迫」我用粵語報菜名，否則就「刁難」我不給我盛菜，她教我粵語我就幫她糾正她的塑料「港普」，每次去吃飯都是愉快又逗樂的一番場景，給我在學校緊張的學習生活帶來了溫暖和快樂的人情味。

除了在食堂吃飯外，我最常去的就是家樓下的港式茶餐廳。由於去的頻率確實很高，茶餐廳的經理也認識我了，我記得有一次端午節，我正低頭吃飯，他默默地放了一個粽子在我桌上，雖然彼此都沒問過對方的名字，但是每次去餐廳只要遇到我們都會像老朋友一樣小聊幾句，這些來自日常生活的與港人的互動，讓我感覺這個陌生的城市有了溫度。

我印象最深的還是我每週日都會去的在荃灣的教會，這裏有幫助初到香港的內地同胞學習粵語的公益活動，就在我上面提到的馬拉松結束後的那個禮拜天，我照例又去教會學習粵語，還沒開始上課我就感覺心臟劇烈跳動，頭暈目眩，我馬上找教會的義工 Lily 姐幫忙，對方也第一時間帶上我去走街串巷找就近的診所，因為是禮拜天的緣故，很多診所是休息的，所以費了好大的勁才找到。

她就一直陪着我，直到問診結束把我送上地鐵，分開前她擔心我由於語言的原因沒有完全聽懂醫生的囑咐，又把整個醫囑給我詳細解釋了一遍才放心，我當時內心的震動是挺大的，為了一個素昧平生的陌生人來回奔走了幾個小時，這種不求回報的無微不至，捫心自問我是做不到的，也許這只是我運氣好遇到了特別的好心人，但是這種突發事件得到陌生人的幫助真的會讓我長久地心存感激。

所以香港這個地方的城市氛圍如果不住段時間，就只能看到那些行色匆匆的忙碌冷漠的表象，但是一旦能有機會深度進入香港的生活，就會發現邊界感之下的濃厚的人情味。

06

香港的歷史使得這座城市在文化和信仰上擁有了很強的包容度，香港有特別多的教會，其次就是佛堂和寺廟，道觀也不少，談到信仰，香港的民眾似乎大多數都有明確的信仰，並且信仰這件事在這裏是可以大方自由地討論的，並且「佛誕日」，也就是釋迦牟尼佛誕辰日，在香港是有一天法定假日的。

在香港期間我參與了在維多利亞公園舉辦的「佛誕日」活動，我的感受是，與佛相關的活動原來也可以用特別貼近生活的方式呈現。活動現場不同的攤位組織了各種可以讓信眾參與的趣味活動，或者是類似「佛浴」的小儀式，甚至還有各種菩薩裝扮的人偶在活動現場繞行，這與我印象中佛應該有的嚴肅莊重的形象形成了反差，但也正是這樣帶着些趣味的表現形式，讓佛走進了人間，使得佛的智慧被更多的人了解。

香港很好地保留和傳承了中國的傳統文化和節日，比如中秋節會特別隆重，各個區域都會有舞火龍、猜燈謎的活動，而自聖誕季到新年到春節，節日氣氛總是濃烈，不同的文化在這裏交匯，也是香港的多面魅力。

來香港讀研究生，原本也是順便給孩子規劃未來教育路徑，我從來都沒有想過，就是這樣一個看起來似乎是為孩子謀發展的計劃，到頭來教育的是我自己。

大學畢業以後我進入了更大的大學——「社會大學」，在這個大學裏我經歷了結婚，生子，忙事業，幾乎很少有時間觀察和思考自己的事，但命運就在這個時候送我一份厚禮，我選擇的國學專業的哲學方向，在課堂上太多的內容都時常讓我有種茅塞頓開的感覺，連我自己都不敢相信，小時候本就不擅長唸書的我，會人到中年重新進入課堂，並且每節課都坐第一排，可以說得上是「如飢似渴」地吸收着不同視角下的信息，再用這些課堂的智慧去回顧總結我過去了的 35 年的人生。

因為在這裏我有時間安心地做自己，不用思考生意的事，也不用操心孩子，當時我總算能體會到兒時父母和老師苦口婆心對我們說的話，往後的人生沒有比讀書時期更安逸輕鬆的事了，直到我們長大成人，總算驗證了，事實確實也是如此。

否則我想我不會那麼珍惜每一次上課的機會，甚至完成每一次的論文我都會大量查閱文獻，第一次感受到「書是為自己讀」的快樂了，我也由此對教育這件事產生了思考，我問自己為甚麼小時候不愛唸書，總覺得唸書痛苦，但人到中年了反而對知識如此渴望呢，我的答案是因為我們經歷了一番「生活的毒打」，從懵懂的少女進入了社會，無論從工作還是婚姻乃至育兒，都是自己從來沒經歷過的事，要處理這其中錯綜複雜的關係和棘手的問題，都是需要感受很多痛苦並且千百次試錯後才能找到平衡的，所以帶着疑問重返象牙塔後，我發現在這裏能找到我需要的答案，原來認知提高是真的能搞清楚人生的這場遊戲的規則的。

在這樣的內驅力下，我才真正愛上讀書，因為此時學的知識正是我需要的，都是能解決我困難的，由此也觸發了我對我兒子教育的深度思考，我其實應該思考的是希望他能接受怎麼樣的教育，還不是幫他篩選一條競爭對手更少，更好走的路。

其實來了香港我們所有港漂媽媽們才了解到，香港的教育並不輕鬆，甚至要學習的內容會更多，如果國內抓的是分數，香港抓的就是整體素質，也就是說，在這裏掌握知識是基本的要求了，更多的是要開展全人教育，孩子不能只是文化課學得好，還需要有擅長的體育項目和藝術類科目的學習，並且課堂形式更多的也是鼓勵孩子獨立思考，小組協作完成課題。

也就是說，除了學習知識，孩子們被更多地要求塑造完整健康的人格，堅韌、善良、勇敢、樂觀、開放、包容、創新、有思辨思維，我可以說以上這些品質我作為家長都未必完全兼具，所以未來無論是否需要把孩子帶去香港接受教育，至少我明確了教育的本質，是教孩子首先成為一個人格健全，能獨立辨別是非的人，而不只是把注意力盯着分數，畢竟我從自己的生活經驗最終明白的是，要在世上立足，先為人、再做事。而一個一心只讀聖賢書、兩耳不聞窗外事的孩子，是沒辦法做到學以致用、知行合一的，而這才是知識的作用，是用來指導人更好地做人做事和生活的。如果僅僅懷着功利心一味追求考試取得好成績、進入好大學、找個好的工作、成家立業養育孩子，往後孩子進入的也是同樣盲目的輪迴。

那麼究竟讀書是為了甚麼？

我不禁更深入地問了自己這個問題。畢竟我走的路就是整個社會普遍認為的常規之路，安全之路，也是「不會出錯」之路，而這條路究竟有沒有讓我在除了獲取財富成家立業外，實現更多的自我價值？

而人的價值感又是哪裏來的呢？我認為是做自己熱愛且擅

長的事，去為社會創造價值，自己的價值能幫助到其他人，又會反過來賦予我們自我認可的自信力量，進而更專注在自己熱愛的事裏，發揮更大的創造力，去創造更大的價值造福更多人，而財富地位跟價值感比起來也就是順帶來的「副產品」了，一個人如果此生能找到這樣一件事去成就自己、造福他人，那應該是很幸福的。

我想，這就是香港這座城在這一年的生活裏，教會我的最重要的事了。

一位高才媽媽的轉型之路

文 / 王蓉

▶ **個人小檔案**

王蓉，英文名 Fiona，二寶媽。浙江大學建築學學士，城市規劃碩士。國家一級註冊建築師，註冊規劃師。2023 年通過高才通計劃赴港，現從事地產行業。

飄到香江的雲——港漂媽媽9故事

01

1998年某一天的午後，伴隨蟬鳴鳥叫，我收到了浙江大學的錄取通知書，父親看到我被錄取的是建築學專業，非常失望。「女孩子為甚麼要去學建築呢？」在他傳統的認知裏，女孩子應該去當老師、當醫生，去學建築，太苦太累。但對自己的選擇和對未來充滿憧憬的我，滿眼希望地告訴父親：「這個專業要學五年呢，就跟醫生一樣，是越有經驗越值錢的。相信我，我一定會做出成績的！」

我就這樣信心滿滿地入學了，在浙大校園一待就是8年。就在所有人都以為我會留在杭州的時候，我選擇了到深圳發展。導師很支持我：「深圳是最有活力的城市，值得去闖一闖。」

我曾經說自己沒有叛逆期，但如今回想起來，我一路上很多選擇，都是在不斷衝破當下、跳出親友都嘖嘖稱讚的狀態，一次又一次地迎接挑戰。這算不算一種叛逆呢？自小就被認為是乖乖女的我，恬淡的外表下，有着一顆不安分的心。

深圳十幾年的打拚和積累，我擁有了幸福的四口之家，在深圳一家本土的房地產公司擔任產品研發設計的高管，Title是總建築師辦公室總監。作為浙江大學建築學本科、城市規劃專業碩士，我考出了國家一級註冊建築師、國家註冊規劃師，在房地產設計行業深耕二十餘年。諸多光環加持，一直以來備受矚目的經歷，讓我也曾猶豫，拋下這些，遠赴香港重新開始，是否值得？

我在 2022 年底看到香港推出優才政策，自我評估有 130 分，為了給孩子們一個更好的教育環境，我和先生決定試一試。材料提交後，中介說我們的條件可以申請高才通，要不要試試。但當時我們聽說優才的續簽更容易，就想着還是走優才吧。

等了差不多兩三個月，中介告知我們，優才和高才續簽的條件差不多，都需要在港工作和生活，而優才審核比高才要久，一般要半年以上，於是決定也提交高才通的申請。高才通的申請手續特別簡單，按照入境處的網頁一項項準備資料就行，完全是可以 DIY 的。

當時我先生沒有確定是否赴港生活，所以我就先為兩個孩子提交了受養人申請，沒想到一個月就獲得了批覆。期間被要求了一次補件，是需要先生簽字同意孩子赴港。一般夫妻一方帶孩子申請，就需要另一方簽同意書，如果全家一起申請的話，應該就不需要這個補件。

2023 年 4 月申請通過之後，我們立刻就赴港申請了身份證。後面先生也決定提交申請受養人，不過當時我們還沒有租到房子，就寫了一個情況說明，說明孩子插班需要先生陪同照顧，先生的受養人申請也很快通過了。

02

赴港之後，我最初的計劃是入職一家設計公司，為內地的房產項目提供設計服務，可以發揮我對內地房地產市場和法規、項目經驗豐富的優勢。但是在投了很多份簡歷之後發現，大部分的設計公司還是以本地項目為主，以粵語和英語作為工作語言；有一些經營內地項目為主的公司，這兩年隨着內地房地產市場的不景氣，已經紛紛在削減人員，所以我不得不調整自己的職業方向。

我首先註冊了一間顧問諮詢公司，發揮設計辦公靈活的優勢，在家 SOHO 為客戶提供室內設計裝修等方面的諮詢服務，主要是一些朋友的家裝或者是小型公司和會所等等室內設計的諮詢。但是我發現這樣的執業路徑，並沒有給自己帶來成長，換一句話說，我在深圳也可以完成這樣的 SOHO，並沒有真正融入和扎根香港。

我決心要藉着遷居香港的契機，同步探索、拓展一下職業的方向。經過一段時間的搜羅信息和自我評估後，很快就鎖定了地產代理這個行業。因為有多年的地產行業設計的經驗，加上自己對於香港的住宅市場和產品有非常濃厚的興趣，同時我也發現，新來港人士在租房和買房等過程中有於對城市和區域不熟悉、語言障礙、文化觀念差異等諸多痛點，於是萌生了從零開始做地產代理的想法。

這個想法當然遭到了家人的強烈反對，一方面我從未涉足過銷售行業，另一方面也擔心如果短期內未能達成很好的業績和收入水平，在續簽時入境處是否會不認可。但我真的很想嘗試轉型，從一個關注圖紙的技術型人員，轉為關注客戶需求的銷售人員，從另外一個維度來提升自己對於產品和設計的認知。下定決心之後，我立刻着手準備職業資格考試。地產代理分為 E 牌和 S 牌，要提前在網上申請報考，其中 E 牌俗稱「大牌」，每年的考試場次並不多，我早早蹲在系統開放之時成功報名了 2024 年 4 月的一場考試。

提前一個半月開始複習，參考書上都是用繁體字寫的陌生專業名詞，我只能硬着頭皮往下看，經常會遇到很難理解的內容。不像以往的考試，在論壇或者微信群總能找到一些同伴互相交流，這次完全是自己摸着石頭過河，死磕一本參考書，一遍一遍地自己琢磨理解。

很快到了考試那天。4 月的香港正是梅雨季節，考試那天下着細雨，先生專程從深圳過來陪考。我們共同撐着一把傘，出了地鐵站後一起走到考場。雖然在我提出考牌的時候他曾極力反對，但是見我決心已定，他還是無條件地支持我，這麼多年來一直如此，小到考英語四六級，大到考研究生、考國家註冊城市規劃師、考國家一級註冊建築師，每一次考試先生都會陪在我身邊，在考場外等我，這次也不例外。從青澀的初中時代，到如今的不惑之年，我們一起經歷過那麼多風雨，依然彼此支持和陪伴，這讓我不禁眼眶濕潤。

進入考場後還是挺意外的，沒想到有這麼多人考試，而且這絕對是我見過的年齡跨度最大的考場。既有二十出頭的年輕人，也有頭髮花白的長者。等候入場的時候，大家三三兩兩地用粵語聊着天，看起來非常放鬆。只有我頗為緊張，認真聽着老師的每一句指令，畢竟這是我第一次在香港參加考試。

考完走出考場，先生果然在門口等着我，他對我考試一直有比我自己更足的信心。他的鼓勵，就是我一次次無懼挑戰的動力。在等待出成績的時間，我開始在群裏打聽香港兩大地產代理公司的入職情況，也去這兩家頭部公司的官網瀏覽了一下。其實內心早早就選定了其中一家，但一直沒有勇氣和契機邁出關鍵的一步。

03

深圳與香港，一河之隔，與萬千家庭一樣，我們決定開啟香港身份的申請，也是為了家裏的兩個孩子。在深圳時他們讀的是私立學校，身邊有特別多的港寶，所以對 DSE 有一些概念和了解。隨着哥哥步入初中，中考壓力大起來，也慢慢意識到原有學校的局限性。有一次我想給哥哥晚自習請假去上鋼琴課，班主任就很直接地說：「現在孩子已經初中了，學習上要多花些精力，不要在這些興趣類的項目上浪費時間啦！」明白老師的良苦用心，哥哥這批娃正遇上生育高峰期，中考競爭幾近白熱化。但作為母親，心裏也有說不出的落寞。

同時，弟弟也遇到了一些困境，由於個別原因，弟弟一直認為自己所在的班級氛圍不是很好，每天回家都會講述班中某某同學的行為給大家帶來的困擾；小學一二年級的課業壓力也讓我作為家長望而卻步，所有這些因素疊加在一起，我們就萌生了到香港就讀的想法。主要也因為深圳離香港很近，覺得這是一個操作性比較強的選項。

高才通獲批之後，我們決定立刻啟程去香港，好朋友們也都推薦我們儘快讓小朋友去香港，說越早小朋友越好融入。我現在也是這麼認為的。

彼時哥哥已經是初一，弟弟小二，2023 年 5 月準備，6 月到 7 月插班，時間也剛好。中二的學位已經很緊張，學校一般只接受中四之前的插班報名。我把所有 Band1 中學能投的都投了，考試邀請大概收到了六七家，最熱門的私立學校的考試也都參與了，可惜時間太倉促，裸考根本拿不到結果。於是在福田口岸找了一家輔導機構，上了大概 5 節課，熟悉香港的考試題型，終於拿到了深水埗一間 Band1 排名靠後的學校的 offer，剛準備去註冊，又收到了沙田一間學校的 offer。哥哥更喜歡沙田那間學校的環境，所以我們很快確定了學校。

弟弟插班小三年級，學位就充裕很多。搞定了哥哥的學校後，弟弟之前拿到的幾個 offer 因為距離的原因就不是很合適了。這個時候決定請朋友幫忙推薦了他們就讀的學校，在九龍塘站附近一間私立學校。我們全家陪弟弟參加考試，跟校長見面後，校長說雖然弟弟的英文有差距，但還是給了機會入學。這是超級有愛的一所學校，弟弟應該會讀到畢業。

7 月我還抽空回杭州參加了導師榮休的聚會，師兄弟姐妹近 30 人歡聚一堂。座談的時候大家介紹自己的現狀和未來的計劃，大家已經感受到地產行業調整的寒意，我談到了已經獲批了高才通，計劃移居香港，大家都有點驚訝。聚會結束後，我們送導師回家，在有點微涼的靜謐的夜色中，導師懷抱着鮮花送我們，並微笑着對我說：「王蓉，相信自己的選擇，你可以做到的！」我的眼角忽然濕潤了起來，導師一定是看出了我的猶疑，就像 2006 年決定從杭州到深圳的那一刻，也是有些許猶疑的。那時候是年輕啊，覺得走出去就代表了未來有無數種可能；但現在已經不惑之年，還有重新開始的勇氣嗎？

導師的鼓勵給了我勇氣，堅定了我繼續扎根香港的決心。

04

提起香港的居住，在外地人的印象中，除了有錢人的半山豪宅就是窮人的劏房。兩個小朋友的學校搞定之後，我着手開始租房，終於第一次近距離了解到香港最真實的居住現狀。

在 2023 年 8 月底，我們抽了一天時間去看房，也很快就確定了租房意向，現在回想起來其實踩了不少坑。不過這也為我後來的工作提供了很多借鑒。

第一個坑就是找租房中介，香港的房產代理是分區域的，租房直接找到本區域熟悉房源的代理才是最高效的方式，任何要分傭的中間人，都會影響到成交的效率。相對來說，建議選擇大的代理行，房源更多，從業者素質也更高，很多代理都精通粵語、普通話、英語。

我們原本是準備看大圍、九龍塘和鑽石山這三個站點附近的房源，結果第一站到了大圍，接待我們的代理就極力勸退，讓我們不要去其他地方再看了，我們還當真信了，後面才領悟到，這也是滿滿的套路啊。為了自己成交，代理會努力游説客戶留在本區域；會推價格高的房源，而不是最具性價比的房源。所以，對於一切中介，一定要擦亮眼睛，多見幾個人，培養自己的判斷力，挑選最值得信任的那個。

我們在大圍看了幾套沒有傢具的房源後，代理臨時對我們說有一家是自住的，房源剛剛放出來，正好業主也在家，推薦給了我們。於是我們看完就直接聊起來了，當即就決定租下，但是要9月下旬才能交房，開學後我們要多住20天酒店。由於這套房子非常合意，我們還是簽下了合約。

租房要看機緣，完全滿意的房子是沒有的，預算又很現實，出多少租金就住甚麼地段甚麼質量，早就已經明碼標價，多花時間做點功課就少踩點坑。起租期免租期這些都是要談的，因為沒有香港收入證明，我們一次要交半年租金。

我曾碰到好幾位家長，都是開學先住酒店再慢慢找房，避開高峰期，我覺得她們簡直太聰明了！另外，香港小一和中一兩次大派位的窗口期值得好好規劃一下，很多家長會提前在心儀的學區租房，給孩子多一個進心儀學校的機會。當然，好學區的房源無論是售價還是租金都會有溢價。

在此不得不說一下地產界的經典語錄：地段，地段，還是地段！

香港不同區域的居住氛圍差別很大，本地人有本地人的慣性認知，而新移民也有自己更喜歡的區域，總是能在預算範圍內選擇到自己合適的，這一點也很香港，就是這樣包羅萬象，又豐儉由人。

有人喜歡九龍塘的低密度，有人喜歡港島的便利，有人習慣新界的開闊。我們租住的是新界地鐵站上蓋大型屋苑，社區會所配套很豐富，雖然接近20年樓齡，但是物業維護和保養都還不錯。同樣的預算到九龍，或者港島，就只能選擇樓齡更老，或者面積更小的戶型。

05

到了香港後，找工作就成了我最為迫在眉睫的事情了。

有一天我在送小寶上學的路上，看到心儀的那家地產公司的招聘信息，「歡迎新人零經驗」的字眼大大地鼓勵了我，我鼓起勇氣，給 Ms. Wang 打去了電話，很快約定了面試的時間。面試的時候我用蹩腳的粵語跟她聊了很久，她問了我為甚麼想要來做代理，以及對於這份職業有甚麼認知，最後她表示了對我的歡迎，同時很真誠地說：你的粵語真的沒有辦法用來做生意，但是沒關係，你服務好講普通話的客戶同樣可以大有作為。她從澳洲留學回來的第一份工作就是做代理，從新人到銷冠到現在的區域董事，她在這個行業一路成長的經歷也大大激勵了我。

我就這樣從零開始做起地產小白，我在自己的社交媒體上給自己取了一個新的名字，「不忘初心」。這個詞非常「宏大」，一個地產代理能有甚麼初心呢？不就是做銷售賺傭金嗎？不，我有初心。我希望自己既專業又暖心，用專業經驗和服務熱情幫助新到港的家庭，為大家更快更好地扎根香港貢獻自己的力量。

開啟一份全新的工作，如果不能賦予其宏大的意義，感覺過不了自己心裏的這個坎。

2024 年 9 月，我按照約定的日期入職了，工作中遇到的一切於我都是無比新鮮。公司有非常強大的盤源系統，我所入職的區域房屋類型非常多，既有 60 多年樓齡的大戶型，也有全新的小戶型，每天對着地圖一個個盤源去熟悉位置、戶型、樓齡、價格，將房源以廣告的形式發佈在系統上，也可自由安排時間去實地探盤。

我經常用「出海捕魚」來形容目前的工作，就像是一名自由的漁夫，如何能夠捕到大魚呢？最重要的是先勇敢地踏進海中。勤力、專業、經驗、運氣，缺一不可，沒有人會盯着你的過程，但是自己要對結果負責。而捕魚過程中的自由和不確定性，恰恰都是我最愛的。

還記得第一次去新盤 preview，整個區域的同事一起參觀和學習一個新盤，區董和開發商會簡單介紹一下主題和賣點，大家可以自由提問，然後自由參觀。我當時就被這樣自由平等的工作氛圍震撼到了，大家之間好像完全沒有那種甲方和乙方，高職級和新人之間強烈的界限感，而是非常輕鬆和平等的氛圍，就像一群老朋友，共同鑒賞一個新產品。

雖然同行不可避免地有競爭，但每一場 preview，每一次月會，都更像是一場學習的盛會，可能有銷冠同事的分享，也可能有新盤推出的信息，每一次我都收穫滿滿。

而通過公司系統廣告聯繫到我的客戶，在初見面時，我用蹩腳的粵語跟他們介紹時，會很真誠地告知他們我是新人，他們大部分都特別友好和包容。當然也曾經因為自己不熟悉盤源，給幾個客戶不太好的體驗。

客戶的挑剔讓我陷入了一段時間的自我否定和委屈，先生非常堅定地給與我鼓勵和安慰。所以，在委屈和被鼓舞之間，我不斷成長，繼續全情投入新的工作。我特別珍惜每一次帶看的機會，因為每次帶看都是一種學習，我在這個過程中越來越熟練，我的真誠和專業往往能夠獲得客戶的認可，而當他們簽下滿意的房子，我也特別有成就感。同事們對於我這個說普通話的新同事都非常友好，我經常在午休時間跟着他們穿街走巷，去吃既平價又正宗的餐食；我的粵語突飛猛進，雖然難免有口音，但是已經可以很自然地給業主打電話。

入職 4 個多月以來，我的業績很不錯。成交的客戶中 70% 為新來港人士。我帶看、服務過的業主和客戶超過 100 個，每天都充滿了學習的激情與服務的動力，因為我覺得自己從事的職業非常有價值！我曾經看過和畫過的那些專業圖紙，能讓我迅速熟悉產品的特質，並講解給我的客戶，協助他們找到合適的房源，我在幫助客戶的過程中也體會到幸福和快樂。

同時，這份工作讓我更加了解和喜歡香港，我與本地的同事用粵語或普通話進行交流，加深了對彼此文化的溝通與理解。我的同事們也從這樣的交流中獲益，他們的普通話越說越好，也越來越了解新來港人士的置業需求，將來可以更好地為客戶提供服務。

我於 2024 年 12 月底拿到了轉正通知，這代表着我正式成了一名專業的地產代理。主管對我的評價是我非常熱情和投入，看得出我是真心喜歡這樣的工作方式和氛圍，此刻我也不知道自己這份熱情和投入能維持多久，但是我相信自己的初心能陪伴我走很遠，尤其是當我看到身邊的銷冠同事，他們都是十幾年、幾十年地在這個崗位上發揮自己的才能，這樣一份可兼顧自由選擇和助人價值的工作，正是我一直在尋覓和期待的。

雖然可能還是有人認為我這樣「高開低走」的選擇，對我曾經的體面光環是一種損傷，但是我得到了家人、同事的支持，自己也確確實實體會到了收穫、融入和成長，希望有一天我可以站在金鷹會的領獎台，我將感謝自己勇於面對的挑戰，為人生書寫了新的篇章。

從事地產代理這份職業後，我接觸到很多不同的客戶，對於需求和選擇又多了一份理解，租房還是買房？沒有標準或完美的答案，每個人的需求和選擇都會不同，這也一定程度上提升了我的認知：不要用你以為的「好」來代替別人做出選擇，挖掘需求、恰當匹配才最重要。

06

深圳與香港，距離很近，文化差異卻很大，哥哥和弟弟進入香港的學校就讀一年多，適應期間都遇到很多磕磕碰碰。

小三的弟弟，經歷了 N 次家課冊功課不齊、穿錯校服運動服；語文默書、英文默書好多次不及格；這些是他到港後面對的諸多問題和挑戰。但慶幸的是，他跟從上海來插班的同學成了非常好的朋友；校長親自在放學後給他輔導功課，讓他獲得了前所未有的開心；期末無比擔心要留級，卻在最後拿了個最大的進步獎。

中二的哥哥，從第一次期中考試英語不及格，進步到了班級排名第一，讓我們全家都十分激動。不過不會粵語，沒有朋友，一度成為他在香港學習的最大挑戰。

我曾經跟所有人說，在來港這件事上，最不容易的是哥哥。青春期最需要同伴的時候到了一個陌生的環境，語言不通，哥哥初到新班級時，形容自己在同學當中像是個外星人，甚至有人遠遠看到他都躲着走，我聽到這些心都要碎了，現在回想起來都想掉眼淚。

幸運的是我們一直有一個溫暖的家庭後盾，情商課的老師和小夥伴經常給他支招，哥哥在深圳的朋友圈也很給力，有好朋友時不時在深圳或者香港約玩，這些愛和善意給了他很多的力量。

雖然哥哥在學業上我經常吐槽他只花了六成的時間和功力，時不時還要在電子產品上分心，但是我真的覺得他很不容易，後面也很努力地成功轉校了，在新校很快適應和交到了新朋友。他的自信重建後，學習和社交也越來越順暢。

所以，對於想帶娃來插班的朋友，我真心建議越早越好。成績有時間慢慢進步，但是打破社交壁壘是中學生插班最困難的地方；而且插班生多的學校真的是環境更友好一些。

香港的學校有各種類型、規模、特點，可以滿足不同人士的不同需求。既有免費的官立、資助學校，也有直資、私立或者國際學校，有些有宗教背景需要額外學習聖經課程，也有些是單一性別的男校和女校。

剛開始擇校的時候，網絡上的 band 排名只是最淺表的參考，而開放日是了解學校的最好方式。

哥哥就讀的第一間學校是天主教背景的資助學校，沙田本地生源居多。第二間是直資學校，生源就更多元化，既有內地學生，也有外籍孩子，在課程設置上，少一門宗教課，多一門西方歷史課。哥哥每次上完家政課回來都特別有分享慾，告訴我們他做了哪些烘焙，還會試着給我們再做一遍。

弟弟就讀的是一家私立學校，基督教背景，校園雖然不大，但是老師們都很有愛心，非常尊重和關愛孩子。文化課只在上午，下午全部是聯課活動或者社團訓練。弟弟參加過籃球、溜冰、桌上遊戲和烘焙等項目，每次都玩得不亦樂乎。

07

如今，我們全家居港已近兩年。來港生活之後，變化最大的應該是我吧，從專業設計師轉型地產代理，從技術型人轉型到銷售人，從只關注圖紙技術細節到更多地思考客戶的需求。雖然時不時還會被主管詬病我過於在意產品的細節，而不太善於把握客戶心理，但是我感覺自己在銷售過程中，已經越來越有了開放的心態，能夠換位思考，接納不同的需求，以往的慣性思維有所改善，也越來越樂於與人交流、分享，不再像過去那樣封閉，為人也更隨和及親和，不再因爲一定要「好的結果」而焦慮。

同時，我從生活中習慣於被照顧變得可以獨當一面。在爺爺奶奶和先生因為在老家處理事務不能到港的時候，我完成了以前覺得不可能的「一拖二」挑戰，每天接送弟弟，給孩子們準備晚餐，包攬所有的家務，輔導功課，一個人幹了以前爺爺奶奶和我三個人的活。雖然很累，但是成長很快。

變化第二大的就是哥哥了。在來港之前被照顧得無微不至的小男孩，從自己獨立坐一站地鐵開始，到現在每天自己上學，幫助輔導弟弟功課，懂得關照家人的需求，成了一個獨立自主的大男孩。他從一個害怕失敗的完美主義者，擔心不被同學喜歡，到現在能坦然面對學業上、社交上的困境及起伏，自己去想辦法總結提升，有了更強大的內心。

弟弟的成長也很大，從懵懵懂懂到現在懂得要為自己的進步而努力，從一直躲在哥哥的光環下，到現在能夠認可自己，越來越陽光自信。

爺爺奶奶和爸爸作為我們的堅實後盾，一直是我們港漂生活的大後方。爺爺奶奶從來都是任勞任怨，積極樂觀地與我們一起適應全新的生活。他們克服去超市和街市買菜時語言不通的重重困難，一次次往返於深港口岸，一次一次接送弟弟上下學，在本該享受退休生活的時候還在為我們付出。我們為他們的付出而感恩，也時時激勵自己不可因懈怠而辜負父輩的付出。

先生在港時間最短，卻是我們家庭最核心的支柱，也是最最堅實的後盾。一家六口居港巨大的生活成本都是他在擔負。在我們計劃赴港之前，先生公司的電子產品外貿生意尚算穩定，但恰恰是我們赴港之後，中美貿易戰對電子產品外貿的影響波及先生的公司，公司發展遇到了巨大的瓶頸，整個 9 月和 10 月都過得非常艱難。面對巨大的經濟壓力，我一度想放棄，但是先生一貫樂觀和堅定，他快速調整了自己的心態和狀態，迅速從灰霾當中重新尋找光亮。

每次我遇到困難或迷茫，他就像一道光一樣照亮我的生活。「You are my sunshine.」是我認為最適合送給先生的話。2014 年生小寶，因為我突發妊娠高血壓，緊急提前剖宮產，小寶一出生就住在保溫箱，我每每擔心他的安危，一度幾乎崩潰，是他的樂觀和堅定，一次次激勵我走出陰霾，尋找希望。

赴港初期，我們經歷了一個不太友好的小插曲。帶哥哥去插班考試時，對香港還不了解，我們上午在港島參加考試後要馬上趕到元朗，時間非常緊張，於是先生匆忙叫了的士，可當時由於的士跨區的原因（我們當時不懂），司機不能載我們，所以為了趕時間我們匆忙上車又匆忙下車，這樣一慌亂，先生就把手包落在了車上。我們慌忙趕到元朗後才想到手包不見了，裏面有先生的所有證件、2 萬元港幣現金，還有一部手機和先生的車鑰匙。

我們一直認為這在香港一定是可以找回來的。所以滿懷期待地去報警，不過結果不盡如人意。警察只是幫我們登記報失，我們也只能是拿着證明補了證件，由於當時沒有記下車牌號碼，手包沒有任何線索能夠找回。起碼到我寫下這些文字的時候，還沒有手包的消息。香港就這樣給了我們一個「下馬威」。為了安撫先生，我買了個一模一樣的手包給他。雖然因為這件事他對香港略感失望，不過後面一些經歷，又改變了他的印象。

香港，是寄託了我們對未來生活希望的地方。在我轉型不順利、孩子們的學業適應遇到困難，我們一次次想要打退堂鼓的時候，是先生一次次站出來給我們打氣，堪稱最優秀的「教練員」。不僅如此，偶爾爺爺奶奶回老家處理事務不在港的時候，都是先生赴港照顧我們的飲食，他的廚藝也日益精進，對以前很少有機會下廚的他來說，也是巨大的轉變。如此看來，我倒是越來越愛香港了，它真的帶給了我們巨大轉變。

不知不覺很快就港漂兩年啦。在港生活給我的最大收穫，恰恰是減少了很多內耗和焦慮。以前那種很害怕自己中年失業一事無成，娃考不上好大學，成為一個 loser 的念頭，忽然就沒有了，怎麼樣的人生都是一種體驗，都會有不同的收穫。人生本來就沒有標準答案不是嗎？

在港接觸最多的就是像我們一樣的港漂家庭，有一些老港漂早早在規劃着其他的身份，有些已經深深地扎根，並愛上了這座城市；也有一些剛拿到身份還在搖擺不定的家庭，就像我們家弟弟經常說的：小馬過河，只有自己蹚過這條河，你才會有自己的答案。

感恩在港漂路上遇到的各種善意，很多都是在微信群裏的陌生人給予的：從第一天到港沒有燃氣沒有辦法洗澡，馬上找到朋友的朋友借到暖水壺和轉換插座；坐地鐵去借哥哥 OK 鏡的裝備；每次有遇到不明白的事，群裏問一聲就會收穫很多熱心的幫助……正是因為獲得了諸多的善意，我也變得更加樂於付出善意。

忽然想起很久前去日本旅遊，有個「千居」上面寫的「奉納」二字，適逢當時在公司內部競聘總監，考評的 HR 問我，你為甚麼想要來應聘部門的總監呢？我回答說，因為我從這個部門成長了，我希望做一些努力去回饋它，我提到了「奉納」二字給我的啟發 —— 以前的我習慣於「納」，我善於學習和吸納，去完成個人的成長，但是我現在希望自己也可以去「奉」，付出也是一種快樂，這也是我深夜還在屏幕前敲下這篇文字的初衷，如果我們的經歷、我們的文字能夠給讀者帶來一絲觸動或一點力量，就像微風吹過湖面，即使只是一絲漣漪，那我們的努力就是有意義的，不是嗎？

（婁雲對本篇文章做了加工修改）

從遠方到遠方

文 / 徐平

▶ **個人小檔案**

徐平，英文名 Peggy（小羊媽），來自上海，2023 年初持專才簽證赴港工作，育有兩個孩子，現在一間出版社供職。

飄到香江的雲——港漂媽媽9故事

01

去香港是突然的決定。三年疫情，帶來了諸多心情的波動。一家六口人，蝸居在小小的屋子。孩子要上網課，大人要辦公，老人要看電視，各種摩擦和碰撞頻發。雖然身體受限，但靈魂和思想依舊自由。

對於遠方的嚮往，早已在心底埋藏多年。那段日子，被深度激發，平靜的表情下，內心暗潮洶湧。我開始研究各個國家的移民路徑，黑暗中似乎出現了一絲曙光，日子變得不那麼難熬了。最後的決定是去加拿大，我着手準備雅思考試。憑藉着多年前四六級的功底，重新撿起英語，開始全身心投入備考，並終於考出了符合移民要求的分數。

隨後便聯繫了一家移民公司簽約，按部就班地開啟了移民之路。可是生活的變化總是突然，臨近年尾，周圍的人幾乎都「陽」了，家人也一一中招，咳嗽、發燒，此起彼伏。這時候，先生開始無比激烈地反對移民，幾乎每天碎碎唸，說着要是生病了，一家人不在一起，都沒法彼此照顧。他的話語如同緊箍咒，鎖住了我原本就有些搖擺的決心。

終止加拿大移民項目會損失一筆錢，但他卻斬釘截鐵地表示接受，損失就損失了吧。我不知如何回答。

後來，意外接到一位同行友人的邀約，說他所在的公司可以幫我辦香港專才。在關於移還不移的問題中，香港成了一個尤為不錯的中轉站，先生沒再阻攔，表示支持。他認為香港離得近，進可攻、退可守。

對專才的審批很快，交完材料近一個月，公司人事就發郵件說通過了。我甚至還沒來得及準備，就要即刻踏上行程。過完春節我就從原公司辦理了離職和交接。好友說這個決定太過突然，我也覺得。香港當時的確沒在我的考慮範圍內，但這或許就是緣分。

我的家庭將與這個城市，接上了魔幻的鎖鏈。

後來，我每次回望當時的毫不猶豫，總覺當時的自己過分勇敢。吸引我的也許不是「香港」，而是童年總在期待的「遠方」，我不清楚遠方在哪裏，多年來，它像海岸邊的一座燈塔，遙遠、模糊，但閃亮着清晰的光影，吸引着我義無反顧地趨近，卻從未想過將要面對的海浪滔天。

童年時，一個懵懂的小女孩，望着藍天白雲間偶爾掠過的飛機，它從哪來？又要去哪？她的目光一路追隨，她想它從遠方來又到遠方去，那個遙遠的遠方到底是何處。她不懂。也許是蘇州、上海或是香港吧。

就這樣，人到中年，我卻決定打破穩定平順的生活，拖家帶口搬去香港。經家庭會議討論，先生留守上海，我上半年先去工作，幫孩子落實學校、找房子、解決舉家搬遷各項事宜，暑假接老人孩子到港。兩位老人已七十好幾，但聽說去香港孫子孫女有機會上名校，就毫不遲疑地支持了我的決定，表示願意做好一切後勤保障。

真是勇敢的一家人。

準備赴港那晚，先生說：去香港不要省，該花錢別捨不得。倘若這句話是當年戀愛時說的，我或許只覺是甜言蜜語；但有了兩個孩子的當下，我相信他的真心實意。

我窩在沙發裏研究移民政策，憧憬着詩與遠方。邁開步的一瞬間，艱難險阻接踵而至，自己已在舒適區呆得太久，哪怕香港近在咫尺，日子過起來也並不容易。

想起之前在一本書看到的話：如果你的前半生充滿着鮮花和掌聲，你無須慶幸，更不必歡喜。待到中年，總有一個坑，等着你。

02

2023年3月31日，清晰記得那天，我拖着兩個大箱子，登上去香港的航班。之前零星去過幾回香港，有些好感，雖說對這個城市很陌生，但那一刻，它滿足了我對遠方的渴求和逃離的衝動。候機時，對着窗外的停機坪，舒展了一下身軀，肉體似乎擺脫了桎梏，靈魂隨之自由飛升。

到港第三日，我就去公司上班了，正式開啟香港打工人模式。對於我這種長時間在體制內享受安逸的人，着實不適應。要知道，原來的單位中午有兩個小時休息，而現在的公司只有一個小時。十幾年的午睡習慣，一朝被打破，生物鐘本能地表示抗議。上班第一天，人事安排接風，中午聚餐。由於我那不爭氣的生物鐘，睏意佔據了我的大腦，讓我沒法思考，只想合上雙眼眯會兒。後來的日子，我寧願不吃午飯，也要把覺睡了。以前我五點就能下班，晃悠悠回家，還有空跑個步，現在變成六點，回家都急急慌慌的。工作20年，從沒這麼晚下班過，用別人的話說就是享福太多了。

我入職的香港公司，同事幾乎都是本地人，大家很nice，第一天就有位主管請喝奶茶。雖然粵語我幾乎聽不懂，但大家依舊很耐心地跟我溝通，讓我心暖暖的。第二天，我也請辦公室同事喝了奶茶，拿了五百港幣委託部門的一個小朋友代辦。只是請喝奶茶而已，卻沒想到她們拿到奶茶都到我辦公桌前跟我說謝謝，客氣得讓我不好意思，只覺香港人好有禮貌。

粵語真心難懂。不過還好手機和電腦自帶繁體字，用用也就習慣了。在香港工作學會的第一件事就是放慢說話的語速，自欺欺人似的，以為這樣就可以更快適應。

四月的香港，正是回南天。整週不見日光，陰雨連綿，潮濕難耐，如同上海的梅雨季。

到底是對嶺南地區的天氣缺少準備，我被打了個措手不及。身體的各種不適接踵而來，滿臉起痘，身上發濕疹。回到住處，只見牆上溢滿了水珠，被褥枕頭都是潮的，渾身黏糊糊濕噠噠，屋子裏都能擰出水，自己宛如一條生活在水裏的魚。煩躁的心都被這水澆到沒脾氣。

我租的公寓地處繁華的油麻地，充斥着老香港生活氣息，有種年少時港版電影的即視感，正好滿足了我的文藝情懷。公寓樓下的街道上都是飯店，算得上一個遊客打卡地，所以半夜依舊喧囂。我倦得不行，卻難以入眠。睜眼的某一瞬，我必須承認，打道回府的衝動佔據了大腦。人到中年，拋棄舒適區，就像被突然扔進一個陌生的漩渦，使人沉溺。

腦子裏思想碰撞，兩個小人不停打架。一個說活該自找，一個說體驗人生罷了。我開始想，這真的是我要的生活嗎？

最終，我把自己拉回正念的軌道，總算想通，我該允許一切發生。後面要做的就是「兵來將擋，水來土掩」。讓自己慢下來，適應新生活的各種變化。

有天洗好澡，只拿了八達通和手機就出了門，準備去外面找找有啥好的小吃，途經一家越南粉店，看着不錯就進去了。待我吃完買單，收銀阿姨跟我說「only cash」，香港很多地方要用現金這事我也知道，但大部分飯店還是配置了多種收款渠道，僅收現金還第一次遇到。香港至今還在用現金、支票，給人一種時光倒流、穿越進電影場景中的感覺。

怎麼辦？折回去拿錢？我可住在沿街的唐樓，沒有電梯，而且在 8 樓。阿姨說旁邊有銀行可以取現金，我說住附近回去拿吧，阿姨說好的，頭也沒抬。

我突然好奇，難道她不怕我吃霸王餐，不回來付錢了嗎？我沒再思考這事，邊安慰自己爬樓可以減肥邊爬上 8 樓拿了現金。平凡的一天被陌生店主暖了心房。

入職第一週，上了三天班就遇到了復活節假期。我跟先生說要回上海，他說不行，你剛去幾天就回來，老人會擔心你遇到了甚麼事。我只能和老人視頻，天花亂墜地說了一遍香港的好。確實，滿打滿算到港才一週，卻像過了一個世紀，歸心似箭，除了想兩個孩子，自己也似乎迫切地需要回到舒適區。

作為中年人，即使選擇再一次奔波，也已無法像年輕人那樣義無反顧，心中多了千絲萬縷的記掛和不捨。都說，不管甚麼年紀，都要保持年輕的心態，這話說說可以，做到還真不輕鬆。

哎！接納自己這點出息。

迫不及待買了機票飛回上海，必須坦白，香港第一週，沒睡好也沒吃好。回來後，先生帶我去吃飯，兩個人，足足點了八個菜，我彷彿餓了一週，吃得狼吞虎嚥，他看我，滿是扶貧的眼神。他說：要不算了，別折騰，回來好了。這句話像一道閃電，擊中耳膜，我表情凝固，咀嚼的動作停滯，手指僵硬，心想這是鴻門宴啊。

新到一個城市，有點溝溝坎坎磕磕碰碰，都很正常。我一直是個堅定的行動主義者。一無所有的人生，我不前行，誰來給我開道？多年來，我始終以無畏的勇氣一路披荊斬棘。

人的適應能力就像一個彈簧，如果不給自己機會，也許都不會意識到潛能有多大。我知道原來的舒適圈已經回不去了，卻沒感到過分悲傷。我明白，既來之，則安之。返港，包裹塞了一條電熱毯，我希望它能幫我扛住香港的回南天，在夜晚有乾燥的被褥包裹住我疲憊的身軀。

我終於明白了為甚麼香港人要喝涼茶，這種潮濕的環境，祛濕是必須的重要工作。

滿大街涼茶舖，是居住在這方水土的人留下的智慧。第一次喝涼茶，原以為如名一樣是涼的，結果卻是熱的，屬實小驚了一下。這一小杯涼茶居然要 24 元，好貴。

03

我終於開啟了擇校插班的浩大工程。香港的教育體系跟內地有着諸多不同。剛開始我分不清甚麼叫「一條龍」學校，「資助」與「直資」又有甚麼區別。後來才陸續懂了一些名詞，升學叫「叩門」，內地的「雞娃」在香港被稱為「催谷」，有些人人得獎的獎項戲稱「豬肉獎」，叫法新鮮有趣。

而且香港有 500 多間小學，到底該報哪些學校呢？

我決定先選定區域，再精選學校。鑒於我的工作地點在九龍，初步確定在九龍內尋找。

九龍是很多傳統名校聚集地。我透過教育局官網查詢每間學校的插班信息後才發現，名校都是一位難求的，本地家長都趨之若鶩，而內地來的孩子，要同時面臨繁體字、英語、粵語的難關，很難競爭過香港本地的孩子。所以光盯着名校也沒用，還是得量力而行。我透過各種社交群組和媒體平台搜羅信息，選定了多間不同梯隊的學校，準備撒網式報名。

在互聯網極度便捷的當下，香港小學的插班報名卻大多還在使用郵局投遞的原始方式，有些學校甚至還要求將報名資料直接送到學校。學校報名表有的是中文繁體、有的是英文。我只得一間一間分別下載、打印報名表，再進行填寫。於我而言，繁體字看沒問題，寫卻很困難，比如小寶名字裏有個「樂」字，簡體寫的時候很方便，但繁體卻有十五個筆劃，複雜程度陡然上升。每天下班，回到出租屋，我把表格依次攤開，兩個手機輪番上陣，又是簡體字轉繁體字、又是中文翻譯成英文。搞完一輪插班報名，從未正經學過繁體字的我，也能很流暢地用繁體書寫了，當真是生命不息、學習不止。

香港的本地學校分為官立、資助、直資、私立。研究相關事宜前，我對其中的區別一無所知，但畢竟在上海的時候，為了孩子擇校已經積累了豐富的經驗，如今不過是換個地方而已，也沒甚麼大不了的。研究之後我大致總結了一下，香港的直資和私立學校類似上海的民辦學校，想要進去，必須各顯神通。這些學校學費不高，但門檻不低，孩子學習成績、得過的獎項，父母做甚麼，哪個公司，幾乎都要填上，有些甚至明確要求孩子在原來學校的成績必須在甚麼名次。

我根據不同學校的要求，把兒子的報名文件整理了多份，每間學校放一個文件袋。在 5 月一個週末的早晨，我揹着塞滿資料袋的雙肩包，像是揹負着孩子光輝燦爛的未來，一路歡快地直奔油麻地彌敦道的郵局。

由於每間學校要求的文件不一，每個文件袋的分量也不一樣，我不知道貼多少郵票合適，還有的學校要求附上貼好郵票的回郵信封，信封甚麼尺寸、貼多少郵票，要求各異，對於不熟悉郵遞業務的我來說太過複雜，迫切希望有人能給我專業的指導。

彌頓道的這間郵局陳設很古老，氛圍有點像博物館。我來到窗口，拿出十多個文件袋依次排開。雖然語言不通，但不影響工作人員心領神會。我看着他將袋子一個個過秤，確定重量和郵票的面額，並遞給我每個學校尺寸各異的回郵信封。我照葫蘆畫瓢地將之前整理好的繁體和英文的地址寫在了信封上。

整個過程中，我的思緒飄忽不定，回想起了自己的童年時代，騎着二八自行車的郵遞員，車大樑兩側掛着厚厚的綠色帆布袋，走街串巷給一戶戶人家送各式信件。尤其每年考試季，有升學孩子的家庭，都期盼着聽到郵遞員渾厚的嗓音：「快下來，通知書啊。」那聲音劃破敞亮的天空，直達未來。

我鄭重地把報名信件塞進郵筒，然後開啟等待模式，期待來自學校的橄欖枝。

在香港，最令我頭疼的就是粵語了，繁體字和英語還能藉着基本功和翻譯軟件處理，但粵語真的聽不懂、說不來。而香港的學校是真不嫌麻煩，居然電話通知面試。大部分老師一開始說的都是粵語，每次接到電話，我都一臉迷茫，只得輕聲慢語地抱歉道：「不好意思，老師，我聽不懂廣東話，可以講普通話嗎？」許是港漂孩子越來越多，學校老師也見多識廣，她們會瞬間切換語言，但她們的普通話表達得很費勁，彼此溝通依舊很吃力。好在後面再接到學校電話時，有同事充當翻譯，溝通順暢了許多，我也再次被暖了心間。

語言是新來港人士必須跨越的壁壘。沒辦法，我只能勤學苦練，睡前聽新聞、刷劇磨耳朵，粵語有沒有進步不知道，但睡眠質量是真的大大提高，和英語一樣催眠。

香港要求兩文三語：中文、英文；粵語、普通話、英語。我很喜歡這種要求，語言的背後是文化，只有學會了語言，才能融入這個環境。

最終，我給兒子報了十幾間學校，滿心歡喜地向家人報告進度，先生卻說你報那麼多幹嗎？誰有空帶他去考試？報一兩間不就好了，那感覺像是全香港的學校都隨便他兒子挑似的。我回他，也不是報了就有機會考，有些學校連筆試機會都不給，為求穩妥，還是得佈局。如果收到心儀學校的錄取通知書，那其他學校的考試不去就行了。

經過耐心的等待，我接到了一所心儀學校的筆試通知，便趕快讓先生買票帶孩子來香港。記得那日是週五，清早剛睡醒就很開心，快一個月沒見到兒子了，我想，除了談戀愛，已經好久沒為了見誰而充滿期待，一下班就歸心似箭回住處。

你儂我儂之後，我拿出一份試卷，想讓小寶考前抱抱佛腳。他倒是岔開話題：「媽媽，這邊樓都自帶泳池嗎？我想去游泳。」玩是孩子的天性，我溫和地回他：「等考完去游泳好不好？」小寶倒是隨機應變：「媽媽，考前放鬆，勞逸結合。」

週六一早，送小寶去參加考試。我問：「看到不認識的繁體字怎麼辦呀？」小寶回：「猜。」我教育他，任何題，先要思考，實在不會再猜。小寶又岔開話題問：「是不是考完試就可以去迪士尼了？」唉，家長一門心思想着讓孩子考出好成績，孩子卻惦記着去哪玩。正常！非常正常！萬千家庭搬來香港，訴求無比一致，為了孩子。但我們也該思考一下，我們給孩子的，真是他們想要的嗎，還是我們自己的一廂情願？

小寶去面試的這間學校，坐落在九龍塘一處僻靜的角落，緊鄰校舍是一個偌大的教堂，肅穆地矗立。這是一間基督教私立學校。各個平台搜索，對這間學校的評價都出奇的一致：很有愛心。恰巧是這點打動了我，我希望孩子能夠在一個溫暖友愛的環境裏長大，伴隨他的一生。希望他此生能夠勇敢去愛，被愛。

校長笑意盈盈，溫柔地對我和小寶說：「我普通話講得不太好，請不要介意。」隨後便帶着小寶進教室考試了。面試結束後接到學校錄取通知，我毫不猶豫地去學校交了留位費，總算安撫住了我因為擇校而焦灼的心，小寶的插班申請算是告一段落。在此之前，我已經奔波了一個月。

新學期家長會在緊鄰學校旁的教堂舉行，第一次進入教堂的內部，一排排實木的長條方凳，燈光溫暖有力，擇一處位置坐下，瞬間心靈平靜，愛意流動。全程廣東話的家長會，初來乍到，我依舊沒有聽懂。工作疲倦了一天，粵語又實在催眠，我沉沉地睡着了。也是那晚，我決定無論如何要解決語言難關，開始跟粵語死磕。不管怎樣，我都得確定先聽懂，先保證能夠參加孩子們的家長會。

撇開其他因素，香港的學校非常有性價比，實實在在的小班，老師都很友好。作為內地新來的孩子，學校還會提供各種照顧，班級兩個孩子英語跟不上，期中考試不及格，校長居然在每天放學後親自給他們補習。小寶以他超強的適應力迅速地學會了廣東話，無障礙地跟同學交流。學期末，還當上了班長。

一年很快，因為各種家庭原因，準備結束港漂，撤回上海。感覺最對不起的就是適應最好的小寶。我給校長發了封郵件，說準備離開了，校長給我打電話說她很捨不得他，如果我們回去，一定把上海的聯繫方式留給她，她會找時間到上海來看小寶。

校長這句話，讓我本打算要撤離的心有些許動搖，我和先生說，這一年生活確實困難重重，但我們想到的解決辦法就是撤回到舒適區？這樣對小寶是不是不公平？

那天校長跟小寶聊了好多，我接他的時候，他問我：「媽媽，我們是確定了要回上海還只是暫時想一想？」我回答不了這個問題。小寶倒是安慰我：「校長奶奶說了，沒關係，長大了也可以考香港的大學。」

04

早有耳聞，香港寸土寸金，居住局促。

3 月底，因為一個人靈活自由，先後短租過兩個地方。第一處是油麻地的唐樓，8 樓，有天台。在網上看到這處房源的時候，感覺毫無瑕疵，花花草草，充滿詩意。但實地探訪後發現被照「騙」了，房子實在破爛，不到一個月，我便決定搬遷。

後來搬到旺角一個較為安靜的住所，租了一個單間。房東二人都不是本地居民，十多年前購買了此處住房，將每個房間短租出去，所以住了一屋子陌生人。我租的單間雖是主臥，但依舊很小。

大寶去了一間國際學校，小寶進了一間私立學校。兩個孩子的讀書問題塵埃落定後，我就開啟了找房之旅。好在兩間學校離得很近，周圍環境清幽，視野開闊，在香港實屬難得。畢竟每次面對密密麻麻的高樓，我內心總有些抵觸。

約看了學校附近幾套房源，雖說是陳舊社區，但非常乾淨，物業管理井井有條。後來才知道，那裏是傳統的低密度住宅區，富人居多的九龍塘。真是無知者無畏，我這是一腳踏進富人區了？

外地人對香港房子的認知：小和貴。300 多呎能做兩房，400 多呎能做三房。香港的設計師在空間利用上花足了心思，每處面積都不浪費，所以住進去也沒有想像中那樣逼仄，麻雀雖小，五臟俱全。很多小區還配置了會所，一層或兩層，很開闊，有閱讀區、休閒吧、游泳池、健身房、兒童遊樂區等，彌補了居住空間的狹小。

不知道是不是這兩個原因，讓我對香港房子的「小」沒那麼介意了。婆婆從遙遠的上海發來叮囑：找房子，要那種南北通透，有大陽台，我們家人多，得天天曬衣服。另外，廚房要大，方便做飯。

朋友卻說，香港人租房、買房不看朝向，而是看重從房子看出去的風景。我們這種所謂的「中產」實在尷尬，預算沒多少，要求還一堆。辛苦半生，中年出走，人生下半場，不想將就湊合，總希望過得有點質量。有次公司外出調研，離鬧市區很遠，去了個風清雲淡的好地方，高樓很新，臨近海邊，視野開闊，我當時心想這裏不錯，未來是不是可以在此安家？

後來，我們還是在九龍塘找到了一套小三房，離孩子們學校都很近，步行十多分鐘。香港房子不配傢具，每個房間尺寸都得精準去量，不然一不小心買的傢具就放不下了。到了香港，才知道了有個詞叫「三面下床」。意思是一張床四個邊，三個邊可以讓人下來。如果每個房間都能放下這樣的一張床，那就是妥妥的豪宅。

有次送小寶去上學，沿途路上看見些豪宅，小寶指一處房產告訴我那個房子要 2 個億，我故意回答：大房子不好，打掃衛生太麻煩。小寶說：媽媽，一般住這種房子都有管家，不用自己打掃。我眼裏閃過一瞬驚詫，人小懂得還挺多。

對於很多內地家庭，移居香港，總是感覺居住降級，為此說不出地煩躁。我是這樣安慰自己的：「有愛的地方就是家」，任何一種選擇肯定都有得有失。既來之則安之，放平心態，相信一切都會變好。

長安居，大不易，唐代詩人顧況以白居易名字開玩笑。大城市，居住不容易，自古到今。縱使是才華橫溢的白居易，在長安城也買不起庇身之所，只得在渭南農村買一所住宅。有詩云「家去省兮百里，每三旬而兩入」，大意是新房離自己上班地點有上百里，每天回去是不太可能的，只能每月回去兩三趟。

05

港島的「叮叮車」，是遊客們都很愛打卡的景點。每次乘叮叮車，我的目光都會落在蜿蜒的電軌上，線如曲蟮，視野中一會兒縮短、一會兒抽長，再縮短，再抽長。沿途風景變換，不知何處是驚喜，何處是驚駭。

港漂一年，自己像一枚高速運轉的陀螺，一刻不停。適應工作、環境、天氣；適應粵語、繁體；看房、找房、租房、買傢具；聯繫學校插班，考試……忙了大半年，終於迎來了第一個長假期 —— 聖誕假，能閒下來做自己想做的，哪怕只是發呆也已經很美好了。

計劃完美無缺，變化卻猝不及防。那天下班回家進社區，下台階時，一個趔趄，踩空了好幾個台階，摔了下去。左腳瞬間麻木，我嚇得連忙嘗試着移動，迎接我的是劇烈的疼痛。淚水打濕眼眶，眼前一片模糊。我只好用手撐着身子，慢慢地熬到自己緩過來。

大約十多分鐘，才勉強舒緩，坐在台階上，凜冽的風颳在臉上，我看不見自己當時的狼狽，也不知曉為何風那樣得冷，更分不清是天冷還是心寒。那天是香港的冬至，出奇地冷。

怎麼會這樣？！

是啊，怎麼會這樣？！

我總算明白無常是人生常態。這一摔倒令我釋懷，回頭想想這一年港漂生活，過日子就像開盲盒，永遠不知道下一秒又會冒出甚麼新問題。

諸多不順湧上心頭。中午匆忙出門吃飯，吃完發現只能現金付。本想是隨意吃點趕快回去做事，卻事與願違。大清早，送完孩子到校，想悠哉地吃早餐、隨後去上班，飯還沒扒拉幾口，就接到學校電話，說小朋友不小心磕到了，是要接回家還是繼續上課？一陣慌亂。初來乍到，在香港怎麼就醫都不清楚。還好，有驚無險。

插班考試，陸續收到一些學校的 offer，總算有兜底了，打算讓娃選一間學校來讀。馬上塵埃落定時，卻接到另外一所心儀學校二面通知，興高采烈地把消息分享給娃爸時，他一瓢冷水當頭澆下：不是有學校錄取了嘛？不去。不同意的原因是那段時間孩子還在上海，需要爸爸陪同去考試，他不願意麻煩。

說起這個爸爸，作為理工宅男，持家愛家，絕對好男人，這一點上講真的毫無瑕疵。但是讓一個喜好宅家的男人面對這麼大的變動，困難重重。他覺得上海日子四平八穩，因為我折騰，導致所有人都太累了。

我努力地適應，他卻努力地唱衰。近一年說得最多的話就是「不行就回來！」有次和其他港漂家長吃飯，兩位爸爸熱火朝天地討論買車、註冊公司等等，我暗自心想，同樣是爸爸，差距怎麼這麼大？

不管我如何勸說，他本人沒有一絲一毫來香港的念頭。他人生最大的理想就是孩子上大學後，他陪我回老家。他不想在異鄉呆一輩子。只能說，改變一個人的觀念，真的比登天還難。

當然，先生這種永遠慢半拍的性子，我早已習慣了，也許從旁人的角度看來，和我這樣的人溝通也很痛苦吧。這樣想來，我也就不怪他了。

小寶學校每週日有個家長課堂，有一次討論的話題是這樣的：

如果你可以向上帝拿一樣東西使你成為一個身心健康的父母，你會問天父拿甚麼呢？這件東西可以如何幫助你呢？請分享。

我記得當時我的回答是，請天父賜予我智慧，讓我遇到任何問題時都能雲淡風輕地面對。這場攜老帶幼的跨城搬遷，注定是一場兵荒馬亂。日子變幻萬千，我想擁有以不變應萬變的能力。

一位朋友說，當年大學畢業，壯志豪情地站在深圳街頭，感覺這個城市就是自己的。是的，當年我剛畢業時，也是拿着一份簡歷不知天高地厚地到了大上海，從未想過這座璀璨奪目的城市到底需要甚麼樣的人才，也未想過自己的能力是否夠在這個地方安營紮寨。年輕時是一個人，只需對自己負責。但人到中年，要對一家人負責，我站在香港街頭，懷疑起自己是不是腦子壞了？到底來這地方幹甚麼？

而不管發生甚麼情況，我們都必須要做一個情緒最穩定的中年人。

也許完成一天工作，各種磕磕碰碰已經精疲力盡了，返到家會發現孩子不開心、老人在生氣，也要儘可能拿出最好的情緒去調解。

比如某天回到家，老人說孩子放學就知道玩手機，不寫作業，說了幾句，孩子又頂撞，又說髒話。我問孩子怎麼回事，孩子說你們這些大人天天道德綁架。

老人也很委屈，一把年紀來香港伺候你們吃喝，小孩不僅不聽話，還對長輩大喊大叫。

小孩也很憤怒，你們辛苦，關我甚麼事，又不是我叫你們來的。

我能理解老人也能共情孩子，但是他們互相不理解。矛盾無關緊要，誰家沒點矛盾，問題其實出在居所的空間上。在上海，每個人都有自己獨立的空間，生氣了大不了回房間。但香港的房子只有巴掌大的地方，大家擠在一塊兒，難免擦槍走火，誰都看不慣誰，矛盾自然就升級了。

大部分人舉家搬遷都是為了孩子，想的基本都是自己辛苦一點，只要孩子好好學習，將來有機會進 QS 排名靠前的大學，那所有辛苦都值了。但是對於孩子，計劃永遠趕不上變化。據以往很多案例來說，最終大概還是理想與現實脫鈎。

老人礙於我是媳婦，即使生氣，也不會多講，就會打電話給遠在上海的先生。辛苦工作的先生不勝其煩，最終又會怪罪我瞎折騰。急得着火的內心又被澆上一層汽油。我真的想問清楚，一家人到底有甚麼好內耗的？

我嘗試理解，過渡期問題多一點，矛盾多一點，很正常，一切理順了就好了。港漂這一年，日子雖然辛苦，但也收穫滿滿。起碼小寶開學三個多月，能開口講很流利的粵語了。老人也迅速地認識了新朋友，都組團一起買菜了。還能幫子女組織飯局，樓上阿姨很熱心地讓她家女兒女婿同我和先生吃飯。

香港出台高才政策後，吸引了很多優秀的人，我發現凡是能夠打破舒適區、勇敢邁出這一步的人，或多或少都充滿了正能量。一位朋友 7 月份見的時候還說各種不適應，過幾個月再見的時候居然講一口流利的粵語、註冊了公司、新業務都已經如火如荼地開展了。我本來還以自己勉強聽懂廣東話而得意，他這進步簡直神速啊！

日子有驚喜，也有驚嚇，可這不就是人生嗎？剛來到陌生的環境，難免辛苦，難免疲憊，但我從不後悔說走就走的決定，永遠相信一切會越來越好。

06

在我們移居香港這一年，大寶正值所有人都望而生怯的青春期。我擔心她來港不適應，避開了講廣東話、用繁體字的本地學校，為她選了一間講普通話、可以用簡體字的國際學校，學費不算便宜，還要購買債券。

作為父母，花了大價錢，心裏肯定有期待，希望她能出成績，將來上好大學。父母可以有想法，但很多事情，父母說了不算，還是得靠孩子。就是那一年，孩子迷戀上二次元。其實沒多大問題，誰的青春沒點迷戀？誠如我們當年喜歡小虎隊、四大天王，也買明信片、磁帶，聽着 walkman ，一刻不閒。

但人都是雙標的，對己對人觀點不一。作為傳統家長，接受起來並不容易。當她偏離我們規劃的發展軌道時，我們並沒有做好準備，沒有跟上孩子成長蛻變的節奏。並且我發現對於在一線城市長大的孩子來說，已遠沒有我們當年對大城市的渴望和神往了，他們對香港的城市文明顯得很無感。有次聽見大寶與上海的同學打電話，朋友說想來香港玩。她說：「……香港沒啥好玩的，在香港最好玩的就是去深圳，香港只適合打卡」。

而兩位傳統中國家庭的老人，一輩子為兒女操勞，70 多歲，因為我一個決定，就跟着我們就來了香港，環境潮濕、語言不通、居住局促，中年人適應起來都充滿艱難，何況他們。

但他們對於後輩，付出了滿滿的愛。婆婆也是充分發揮她的拿手絕活，用「餃子」外交迅速認識了樓上樓下同為照顧港漂兒女的老人。每天買買菜做做飯接送小孩，日子也能勉強過下去。我對婆婆由衷地欽佩，這麼多年大大小小家庭決定，她都是第一個果斷給予我支持的。

但俗話說七老八十，畢竟人過了 70 歲，在健康方面，是有所顧慮的。在內地任何一個城市，萬一有點甚麼，起碼可以打 120。但是在香港怎麼辦？連保險都沒法配置，兩位老人心中的憂慮是無法消除的。他們本身就有各種慢性病，需要長期吃藥維持，近一年的港漂生活裏，各種小毛病反反覆覆。爺爺說來香港一年瘦了 10 斤，着實驚到我了，我突然發覺自己似乎無法對他們的健康負責。為了兩個孩子遙不可期的未來，犧牲他們本該種種花花草草的幸福晚年，到底值不值？

在那一瞬間我忽然明白了，未來的事交給未來，活好當下，保證每一個人的幸福最要緊。

所以我決定離開香港、撤回上海，當宣佈這個決定的時候，我隱約能感覺到兩位老人刑滿釋放的解脫感。好吧，那就尊重家人內心真實的想法，讓每個人做回自己。讓孩子找回自己所熱愛的，讓宅男爸爸安心待在舒適區，也讓自己重新再活一回。

07

香港這個地方，讓人很糾結，好像有希望又好像沒希望。

這句話很精闢。

有次在深圳乘出租車，望向窗外，遠處是高低不同的小山頭，我疑惑：深圳怎麼有這種山？司機回：那兒是香港。

2023 年決定來，2024 年決定回，難免折騰，但不論來回，都已是當下能做出的最好的選擇。香港一年生活，家庭與工作的雙重壓力，讓我疲於奔命。也不清楚是哪一刻選擇了「放棄」。

4 月份，有一個世界讀書日，對於出版人，那是最忙碌的一段時間。讀書日那週，我們在香港一間學校做活動。整整一週，每天都要 7 點到校，直到學生放學，值班才算結束。國際學校在數碼港邊，背山靠海，搭公共交通單程通常需要一個小時才能到家。晚上孩子找我輔導作業時，我才發現因為白天陪學生做體驗費了太多口舌，自己已經累得一個字都說不出口。

第一次參加香港公司的年會，那一天是女兒的生日，年會結束回到家，明顯感到孩子的不悅，她質問我，到底是工作重要還是生日重要？我不知該如何回答。

都重要，但是我沒法兼顧。我是凡人，不是超人。

工作很累，每當我想從先生那裏尋求安慰時，他只會一成不變道：誰讓你好好日子不過，瞎折騰呢？我是怨恨的、憤怒的。

當初來香港他不也是同意的嗎？他只會說：我那叫同意嗎？我不同意你就不去了嗎？

有的人沒見過世界，永遠渴望出走，如我！有的人沒見過世界，永遠眷戀安樂窩，如他！

有一次跟好友吐槽，我平生第一次腦海中冒出「離婚」的念頭，移民這種事情別人家都是男人折騰，他不折騰就算了，至少不要一直在那裏拖後腿，只是來個香港而已，天天嘮叨擾人。

朋友說：應該允許每個人做自己。

我第一反應就是，你為甚麼不向着我？但靜下來細想，她的話是對的。我有甚麼資格讓所有人為我的嚮往買單呢？

他只想一家人在一起，他不要遠方。

一年前來港的時候，確實從未想過一年後要離開。中年人生，我一個人說了不算。先生總說：像我們這種從小城市能到大上海，就已經是人生天花板了，別再想其他的了。

多年來，很多時候，確實是我在瞎折騰，想一齣是一齣。但只有我自己知道，我一直在想為童年那個渴望「遠方」的小女孩負責，因為從沒人帶她「遠走高飛」，所以她一直奔波在路上。

上大學後，才知道自己處在高考大省，也才知道「高考移民」，同樣的試卷，別人可以比你少考一百分，可依舊跟你坐同一間教室。找工作，才知道很多時候不是憑實力，有種東西叫「資源」。

一如現在，全家人都在勸返，當我也不再堅持，所有人歡天喜地。有一天終於明白，自己童年所揹負的一切烙印，你的出生、你出生的地方、你所有的一切，決定你將來能讀甚麼大學、找甚麼工作、遇到甚麼樣的配偶……而這就是你未來的遠方。

我很早就知曉答案，只是不願認命。倔強的我，終於第一次妥協，與現實握手言和！

08

收拾好辦公桌，把一切復歸原位，唯一留下的是一張自拍。赴港這一年，每天都被肉眼可見的各種事情塞滿，家裏家外，忙得沒有時間關注自己的容顏。純粹為了紀念，紀念曾在這裏，戰鬥過一年。

同事還為我精心準備了送行 party，一個通紅的金絲絨蛋糕，一頂閃閃發亮的公主頭飾。

我很感恩領導的信任，作為同行，邀請我來港時，我們也只見過一次而已。我們彼此調侃：一面之緣，雙向奔赴。只可惜我還是辜負了這麼好的平台和機會。離開前他送了我一隻筆，他說：每一位編輯，都需要一枝改稿的筆。是啊，筆是編輯的情懷、是編輯的靈魂。

每天，當我跟這個城市的打工人一樣，穿過密密麻麻的人群，隨着人流上車，排隊等地鐵、排隊上自動扶梯、出了閘門過馬路也要排很久的隊，來來往往、匆匆忙忙。

同事說，香港人出去度假，一定要選最舒適的行程，因為香港人平時實在太累了。很多香港人，要同時打好幾份工，不用睡覺似的。我明白，香港這個地方空間狹小，競爭激烈，這個城市兩極分化很嚴重，你能從各個路徑感受到濃郁的奮鬥的「獅子山精神」。

新工作需要適應、新同事需要磨合，辛苦也在所難免，如果不是各種其他牽絆，我覺得調整一下，也能跟上節奏。只是很多次，當我忙完一天，回到家連兩個孩子都顧不上的時候，我就難免疑惑，這樣是否合適？

所以我決定結束這種忙碌！

這一年，為着各種大大小小的事，和先生吵了無數次的架。

移居另一個城市開啟新生活，打破原有四平八穩的日子，各種家庭衝突冒進式地爆發了。我們都深知，我們的感情沒問題，但需要經營。除了身體的疲憊，還有心累，需要付出大量的情緒勞動。作為一個典型的討好型人格，面對各種紛繁複雜，我都無情地內耗自己，直至千瘡百孔。作為一路循規蹈矩的小孩，我一直用外在的光環維持着所謂的體面。那些藏在心底的反抗，最終都被理智壓制。

有次我拉着先生報了一門「靜心」的課程，課程的主題叫「醒來」。有一個小遊戲，讓我們去找在場的人，讓大家看着彼此的面孔，四目相對。剛開始，看第一個人，我覺得自己是笑場的，很不自然；看第二個人，他目不轉睛地盯着我，但我依舊沒法保持鎮定表情看向他，後來，我想了個辦法，盯着他的頭髮絲，聚焦；看第三個人，我用同樣的辦法，感覺很好使。

然後，第四個、第五個……最後找到了我先生：當我們雙目觸及那瞬間，神奇的事情發生了，彼此抑制不住滿眼淚水，嘩嘩流淌。在靜寂中，大家可以漸漸聽到彼此心中的淚在向外湧，我們都被瑣碎的日常捆綁太久，我們已很久很久沒有深情凝望，我們似乎把日子過偏了。

身體是有記憶的，那些沒有及時梳理的情緒，都淤堵在那裏，不會自動消失。

先生摸摸我的頭，說：傻丫頭，我只是不想讓你太累了。

那一瞬，我似乎找到港漂一年生活的意義。弘一法師說：命運偶爾會安排給你一場大病，或一次重大的財產損失，其目的並非為了將你擊垮，而是希望藉此打破你慣有的生活節奏，使你放緩腳步，看看世界，看看世人，看看此生甚麼最重要，從而讓你明白一些東西。

我想命運安排的這次香港之行，着實讓我明白，一家人齊齊整整、健健康康在一起最重要。它就像為我設置了一個前半生和後半生的轉場，讓我從一個遠方到另一個遠方，曾經的遠方是地理上的遼遠，接下來的遠方是精神上的遼闊。前半生，我一直在向外求索，匆匆趕路，冒冒失失，又格外勇敢，一路收穫鮮花、掌聲和光環。可我們來到世間走一遭，不是為了榮耀、鮮衣怒馬。後半生，我需要內求、靜心，探尋生命的遠方。

感謝香港，這座華美的城，讓我蛻變，給我成長。這座城市，多少人曾來來往往，我們的一家，建立過的鏈接，不會因為暫時的離開而中斷，我想，下一次再來，我們會多做一點準備。

後　記

雲水相逢處，皆是吾鄉

來香港一年多，卻是第一次來到西貢。

那天的西貢，沒有陽光，薄薄的幾片雲彩，懸在遠處的山頭，高高淺淺的小山散落在濃藍的海裏，離岸邊不遠處，幾隻顏色各異、細細長長的皮划艇依次排開。

因為一位好友的盛情邀請，那天還有三位港漂媽媽同行。朋友的別墅臨着海邊，我們在她家三樓天台閒聊，鹹腥的海風輕拂，五個來自不同城市的朋友，第一次見面，卻毫無陌生感，同頻是一種奇怪的緣分。

中午時分，準備去吃海鮮，貼着白色欄杆慢行、拍照，一路歡談，有位媽媽感慨：人生這麼短暫，為甚麼下半輩子不能盡興地活？言語的能量肆意散開，居然撥動了路邊一位陌生大哥的心弦，他說：講得太好了。一聽大哥聲音，東北人啊？細聊，不僅是東北，還與我們當中的一位來自東北的同一個城市。

一切那麼巧合，在外鄉遇到家鄉人，只能相信是天意也是緣分。大哥豪爽地要宴請大家，並從家裏搬來各色酒水。因為一句話，有了一次全是陌生人卻毫無違和感的聚餐。我們從午後喝到夜幕降臨，香檳、紅酒、啤酒……那一天，有歡樂，也有傷感，人生轉場，悠長的故事，情深處、不禁淚濕雙目。

我們深知自己的平凡，但即使平凡也是獨一無二的人生，不同的支流在這裏匯入同一片海灣，港漂的故事，或微苦、或甘甜，是不是應該記錄下來？歷史，除了宏大的敘事，也應該包含小人物輾轉騰挪的尋常日子。

這裏有九位媽媽的港漂故事，熱辣滾燙。

當把九個故事彙集入稿，十幾萬字，密密匝匝，讀者可以在字裏行間看見數個平行時空：拖着拉桿書包乘叮叮車忘記按鈴的北京小朋友，旺角霓虹燈下辨識繁體字招牌的側臉，北角街市操着塑料粵語的深圳寶媽……

香江的雲是流動的寓言。它們從關東雪原、燕京故都、南海之濱、江南水鄉被季風吹來，卻在這片南國天空下凝成新的形狀，姿態各異。九位港漂媽媽的故事，不過是數以萬計港漂群體的縮影。

謹以這些故事，獻給所有在身份夾縫中開鑿光亮的一代新港漂。在聽見孩子說「我哋係香港人」時眼底閃過的微光，倏地懂得，所有遷徙都在釀造新的甜，終不負這場跨越山海的雲水相逢。就像維多利亞港的雲，必將在某個黃昏化成雨，落入香江，泛起千萬個同心圓。

墨染春蠶處，星火淬河山。最後，誠摯感謝聯合出版集團香港中和出版有限公司為本書順利出版，竭盡所能、傾心助力。

徐平　婁雲

2025 年 2 月 10 日　於香港

責任編輯　呂丁丁
書籍設計　彭若東
插畫繪製　王雨欣
排　　版　肖　霞
印　　務　馮政光

書　　名　飄到香江的雲 —— 港漂媽媽 9 故事
編　　著　徐平　婁雲
出　　版　山頂文化
Hong Kong Open Page Publishing Co., Ltd.
香港北角英皇道 499 號北角工業大廈 18 樓
http://www.hkopenpage.com
http://www.facebook.com/hkopenpage
http://weibo.com/hkopenpage
Email: info@hkopenpage.com
香港發行　香港聯合書刊物流有限公司
香港新界荃灣德士古道 220–248 號荃灣工業中心 16 樓
印　　刷　深圳市德信美印刷有限公司
深圳市龍崗區南灣街道聯創科技園二期 20 棟 1 樓 2 號門
版　　次　2025 年 7 月香港第 1 版第 1 次印刷
2025 年 8 月香港第 2 次印刷
規　　格　32 開（148mm×210mm）232 面
國際書號　ISBN 978-988-70420-6-8